今日はいい天気ですね。

れんげ荘物語

群ようこ

角川春樹事務所

今日はいい天気ですね。

れんげ荘物語

装画　平澤朋子
装幀　藤田知子

1

兄一家も、チユキさんの山の家も、おネコさま、おイヌさまの登場で、毎日が慌ただしそうだった。兄のところの子ネコのグウちゃん、チャコちゃんは、とにかく食欲旺盛《おうせい》だと、義姉《あね》が報告してきた。送られてきた食事中の画像を見ると、二匹は母親よりも大きくなりそうな気配だった。

「ワンちゃんは、ただ抱っこして連れていけばよかったんだけど。ネコさんたちはぎゃあぎゃあ鳴いて大変。急いで車で獣医さんのところに連れていったの。五分くらいだから、それはまあ、いいんだけれど、診察室に入ってケースから出たとたん、もうおネコさまたちが大暴れしちゃって、トラコさんなんか窓のブラインドにぶら下がって、大変だったんだから。そうそう、そのときの画像も撮ったから、あとで送るわね」

義姉は最後にくくっと笑った。

「ええっ、大丈夫だったの？」

「私も先生たちも大丈夫だったけれど、診察室のいろいろなものが落下しちゃって。でも話しかけていたら落ち着いてきて、最後には仕方ないかという顔で、おとなしく診察してもらってたわ。パパはトラコさんをブラインドから下ろすときに、顔と手をちょっと負傷したけど」

そしてまた彼女はくくっと笑った。幸い、三匹は元気すぎるくらい元気で、先生から、

「グウちゃんとチャコちゃんは、このままいくと太りすぎになりますからね。そうなるとダイエットをしなくちゃならなくなりますよ。御飯は欲しがるだけあげるのではなく、きちんと一日の量を決めてあげてください」

と釘《くぎ》を刺されたのだそうだ。

「パパはおネコさまからおねだりされると、『えー、欲しいの？』なんていいながら、うれしそうにおやつをあげるのよ。ちょっと、あげすぎなんじゃないのっていっても、『おかあさんは意地悪だねえ。おいしいねえ、よかったね』なんていっちゃって、私のいうこ

となんか聞いてくれないのよ。でもおやつをもらうとき、本当にネコってうれしそうな顔をするのよね」

義姉もねだられたら、絶対にあげているなとキョウコは思った。

大変だったはずなのに、ちょっとうれしそうな電話が終わった後、画像が送られてきた。トラコさんが、診察室の白いブラインドの上のほうに、ボルダリングをしているような格好で、しがみついている。そこに手を伸ばしている兄の姿、看護師さん二人に確保され、それぞれ抱っこされて一点を凝視している、子ネコたち。きっとトラコさんの姿を見ているのだなと、次の画像を見ると、トラコさんの体に右手が触れているものの、ものすごい形相でシャーをいわれている兄の後ろ姿、そして最後はトラコさんを抱きかかえようとして、ネコパンチをくらっている兄の横顔だった。

「名誉の負傷のおかげで、無事、健診は済みました。家に帰ってからは、みんな何事もなかったように過ごしています」

画像には義姉の言葉が添えられていた。あれだけかわいがっているのに、ネコパンチをくらった兄は、さぞかしショックだったことだろう。おネコさまたちは、また好きなおやつをたくさんもらったのかなと、キョウコはふふふと笑った。

春になってキョウコは、何となく腹まわりが大きくなった気がしてきた。部屋には体重計もないし、銭湯に体重計はあるにはあるが、いつもその横の椅子《いす》に座っている常連のおばさんが、誰《だれ》かがその上にのると、ちゃっかり数字をのぞき見しているので、キョウコは使うのを避けてきた。彼女は体重を量り終わった人が体重計から降りると、その後ろ姿を頭のてっぺんからかかとまで、舐《な》めるように何度も見ては、

「ふーん」

と納得した表情でうなずくのだった。

部屋の中の文明の利器が少ないため、キョウコは箒《ほうき》で掃除をした後、雑巾で畳を拭いたり、こまめにれんげ荘の前を掃いたりと、それなりに体を使っているような気はするが、それだけでは運動が足りないようだ。

「代謝も落ちるしねえ」

入らなくなったわけではないが、何となくゆとりが少なくなってきた、チノパンツの下腹をさすりながら、買い物に行くのに遠回りをして、歩く時間を増やすしかないなとつぶ

やいた。

いつもは駅前の通りを越えたあたりまで行くのだけれど、これからはもう一本先の道路まで歩き、そこをぶらぶらした後、部屋に戻りがてら買い物をすればいいと、いちおうダイエット計画をたてた。通勤もないし、家から出るといったら、買い物と散歩しかないのだから、中年になって太るのも当たり前かもしれない。食事は自炊なので、脂っぽいものは摂《と》っていないけれど、食べる量が減らないのに代謝が落ちているとなると、

「それは体重が増えるよね」

と納得した。これから年齢を重ねると、シミ取り、シワ取りより、何より健康のほうが大事なので、自分のできる範囲で、気をつけなくちゃいけないなと肝に銘じた。といっても食事制限をしてまでダイエットをする気はないので、ただただ動いて消費するしかない。

腹回りの成長を感じたその日、キョウコは新たに計画したルートで買い物に行った。いつもの道を通り過ぎ、店もまばらになった道をまた越えて、住宅地を歩いていった。どこからか、鳴く練習をしているウグイスの声が聞こえる。そこには、いつから建っているのだろうかと不思議になる、雑草が生えている土の上の、トタン板張りの二階建ての建物が

あった。外側は錆《さ》びて赤茶色になっている。二階に続く外階段があり、近くに行って背伸びをしてのぞいてみると、二階にはドアが並んでいて下宿のような造りになっていた。一階は小さなドアがひとつだけあり、表側には窓がない。ドアの横に打ち付けてあるプレートを見ると、そこも錆《さ》び付いていてよく読めなかったが、「……工業」という文字だけが見えた。一階が工場で、二階はそこで働いている人たちの住まいだったのだろうか。

その横には新しい四階建てのマンションが建っていた。入居者募集のプレートが塀につけられていて、カーテンがない窓がいくつも見えた。自転車置き場には、ダイヤル式のチェーンロックをつけられた、お洒落《しやれ》な自転車が、複数台、駐《と》められていた。マンションの隣は瓦《かわら》屋根の大きな家だった。門の内側の両横から大きな松がせり出し、生け垣の隙間《すきま》からは、広い庭にたくさんの木々が植えてあり、石灯籠《どうろう》もあるのが見えた。代々ここに住んでいるお宅なのだろう。生け垣が途切れたところに、『勝手口』と小さなプレートが付けられている、小さな木戸があった。

そこから道路を一本挟んだ角に建っているのは、木造の古いアパートだった。ベランダはなく、ただの落下防止のための鉄柵《てつさく》があるだけの造りだ。誰の曲かはわからないけれど、ラップが流れている。二階の一部屋には、カーテンがわりの、サイケデリックな色合いの、絞り染めの布が一面に掛けられていた。その隣の部屋は割れた窓ガラスが、赤い粘着テープで補修してあった。アパート前のゴミ集積所には、

「ちゃんとゴミを分けたか。ルールは守れ」

と小学生が習字をしたような文字の紙が貼《は》ってあった。

(美大生の寮っていう感じね)

ほほえましくその紙を見ていると、一階のいちばん奥のドアが開いて、三十代くらいの女性が出てきた。紺色のスーツにレースのブラウス。黒いパンプスを履いて、ハイブランドのベージュピンクのバッグを持っている。髪の毛はきれいに後ろで束ねられていた。驚いたキョウコが集積所の前に立ち尽くしていると、彼女は優しくほほえみかけながら、

「こんにちは」

と頭を下げた。

「あ、こんにちは」

キョウコもあわてて頭を下げると、彼女はほほえんだまま、駅の方に歩いていった。無

職で腹回りが太くなってきた、化粧もろくにしない中年女に、それも集積所の前に立っていたというのに、あんなに優しい笑顔で声をかけてくれるなんてと、キョウコは、じーんとしたまま彼女の後ろ姿を見送っていた。

（あの人はどこにお勤めなのだろう。午後から出社とすると、シフトのある仕事なのかな。きちんとスーツを着る職場だと、接客業なのかな）

部屋を出るときに、たとえば、

「それでは失礼します」

といった、室内に訪れた相手がいるような挨拶《あいさつ》をしなかったところをみると、彼女がここに仕事でやってきたのではないのは明らかだった。

（そうか、ああいう雰囲気の人も、こういう部屋を選ぶのね）

美大の学生寮風だからといって、いかにもといった風体、雰囲気の人ばかりが住んでいるわけでもないし、だいたい、美大の学生寮と感じたのは、キョウコの主観にすぎない。彼女は家賃や通勤の交通の便を考えて、このアパートを選んだのだろう。

「でもれんげ荘よりは新しいわね」

自分の住んでいるアパートは、子どもたちから「たおれ荘」といわれるほど老朽化している。それに比べれば、まだこの建物は踏ん張っている。洒落た店や個人の住居があるなかで、こういった建物も、地震やもろもろの苦難に耐えて建っているのだった。カラスが巣作りのためか、ハンガーを咥《くわ》えて小さな公園の樹《き》の上まで運んでいるのを見た。

　最近はほとんど見かけなくなった、赤ん坊の布おむつを干している家を発見するなど、遠回りの散歩はなかなか楽しかった。幹線道路に突き当たったところで折り返し、駅の方向に戻った。途中、いつもの生花店をのぞいた。先客が二人いて、キョウコは外に置いてあるポットに入った花を眺めて待っていた。

「お先に」

　先客の二人は、外で待っていたキョウコに声をかけてくれた。そんなことをされるたびに、次に自分も同じような立場になったら、待っている人に声をかけようと思うのだけど、すぐに忘れてしまい、後で気がついては後悔する。それが習慣になっている人でないと、とっさにそういった言葉は出ないのだろう。これから習慣にしなくちゃと反省しながら店内に入った。

真っ先に目に入ってきたのが、元気のいいチューリップだった。前に何度もチューリップを買っていて、自分では意識していなかったが、どうも自分はこの花が好きらしい。

「お待たせしました。今月はサービス月間でね、ガラスの花瓶をプレゼントしているんですよ」

店主がそう声をかけてきた。

「そうなんですか、すごいプレゼントですね」

「いやいや、たまにはみなさんに御礼をしないとね」

他の店よりも値段が安いのに、そのうえプレゼントまでとなると、お店はやっていけるのだろうかと心配になった。生花店はきれいな花に囲まれて楽しそうに見えるお仕事だが、冬でもお湯を使うわけにもいかず、冷たい水を使わなくてはならない。好きでなければできない仕事だろう。キョウコはピンク、白、黄色、赤、ピンクと白のまじりをそれぞれ一本ずつ買った。そして、

「お好きなものを」

といわれて三種類の透明ガラスのシンプルな花瓶を並べられたうち、口が拡《ひろ》がった形の

ものをもらってきた。

店を出てからは、いつものルートで帰るだけだ。オーガニック食品店で、豆腐と消費期限が今日になっている激安の鶏肉、もやし、ニンジン、卵などを買ってエコバッグに入れた。お店の人が、キョウコが抱えているチューリップを見て、

「ああ、素敵。いいですね」

とにっこり笑ってくれた。

部屋に戻ってすぐに体重が量れないのが難点だが、自分では、

「絶対、腹回りはちょっと減った」

と信じることにした。早速、買ってきたチューリップを、もらった花瓶に活《い》けた。部屋の中がいっぺんに華やかになった。そしてその日はベッドの上でごろごろしながら、図書館で借りてきた本の続きを読んで過ごした。

翌日はとても天気がよかったので気分がよくなり、朝御飯を食べて洗濯物を干し終わると、すぐに部屋を出た。まだ通勤時間帯だったので、駅に向かって歩いて行く人も多い。自分も何年か前まで、その人たちと同じ立場だったとは思えないほど、今の無職生活にど

っぷり浸《つ》かっている。あれだけ朝から晩まで働かされていたから、それが体にしみついて、会社をやめたとしても、また働きたくなるのではないかという人もいたけれど、まったくそんな気持ちは起きなかった。自分がしていた仕事に対して愛情が持てていれば、同じ職種ではなくても、また働きたいと思ったかもしれないが、もうこりごりだった。

精神的なダメージは受けなかったけれども、会社をやめると決め、目指す金額が貯《た》まるまでは、毎日毎日、腹の中で怒りながら仕事をしていた。その反面、

（こいつとも、あともう少しすれば、完全に関《かか》わらなくて済む）

と思ったら、それまでは我慢できなかったことも、耐えられた。会社に勤めていた終わりの頃《ころ》は、ただ怒りのエネルギーだけで出社していたような気がする。そこでエネルギーを放出しすぎて、体内に残量がなく、今はぼーっと暮らせるのかもしれない。

その日の夜、学校の先生をしている親友のマユちゃんから、年度末で仕事をやめると連絡があった。三年ほど前から、新任の校長と折り合いが悪く、彼からのパワハラもあり、肉体的にも精神的にも疲れたので、やめることにしたという。

「生徒たちはかわいいから、やめるかどうか迷ったのだけど」

だんだん心労でやせていく彼女を見て、生徒たちは、

「先生、大丈夫？」

と心配してくれたのだそうだ。

「やめたとしても、生徒さんとのつながりは切れるわけじゃないでしょう。体を壊すまで仕事をして、無理をしてもろくなことがないわよ。仕事をやめても生活ができないわけではないんだし」

「そうね、働かなくても食べていけている人がいるものね。ふふふ」

キョウコも一緒に、ふふふと笑いながら、

「そうそう、そのくらいに考えておいたほうがいいって」

「そうね、少し休んで、後のことはまた考えるわ」

徐々に彼女の声が明るくなっていった。どんな理由であっても、長年続けていた仕事をやめるのは躊躇《ちゅうちょ》するものだ。自分にはこれがいちばん向いているとか、これしかできないのではないかとか、そういった気持ちが迷いを生むのだろうけれども、実際にやめてみると、意外にそうではなくて、新しいチャンスが巡ってきたり、やりたいことが見つかった

りする。それが収入と正比例しているかは別問題だが。

「私がお役に立てること……って、ほとんどないかもしれないけど、何かあったらいってね。家の留守番くらいはできるから」

キョウコはそういった後、家の留守番なんて、来客の応対はできないけれど、ワンちゃんやネコちゃんでもできるなと思いながら、また笑ってしまった。

「ありがとう、また連絡するね」

そういって電話は切れた。彼女にも新しい生活が待っているようだった。

仲間が増えた、うきうきした気持ちでベッドに入り、朝、目が覚めてふと傍らに目をやったキョウコは、

「わあっ」

と声を上げた。花瓶に活けたチューリップの茎が、まるでメドゥーサの髪の毛みたいに、あっちこっちにうねっていた。活けたときのまま、すっくと立っているのは、白いチューリップだけだった。他の四本はみんな勝手に好きな方向を向いている。近寄ると花の下の茎の部分が、前よりも伸びているように見える。

今までチューリップは何回か買ったけれども、こんなにまですごいことにはならなかった。

「これは、いったいどうしたら……」

元のように、まっすぐにならないかしらと茎の曲がったところをつまんで、まっすぐに矯正しようとしても無理だった。四方八方に首を伸ばしているチューリップを見て、

「本当にあなたたちは、よくわからん」

とつぶやいた。

日課になった散歩のついでに、すぐに購入した生花店に立ち寄って、状況を説明した。

「ああ、そうでしたか」

店主は笑っていた。チューリップというのは、根を切って花瓶に活けたとしても、成長し続けるのだそうだ。口には出さなかったけれども、木から切り離しても、追熟する果物があるのと、似たようなものかしらとキョウコは考えた。

「チューリップは口が狭くて高さのある花瓶に活けていると、そういうことも少なくなるんですけどね。でも全部が全部、そうなるわけじゃなくて、ちゃんとまっすぐのままの花

もあるんですよね。花の個性によるっていうのかな」

「そうでした。白いのはまっすぐのままでしたから」

「お持ちになった花瓶はどれでしたっけ」

店主が花瓶を持ってこようとしたのを見たキョウコは、

「あの口が開いているタイプです」

と指を差した。

「あー、これだと余計、のびのびと好きな方向に伸びていっちゃいますね」

店主は笑った。恐縮した彼が、直方体の花瓶をあげるといってくれたけれど、

「自由にのびのびしているのを見ているのも好きなので、大丈夫です。ただ、こんなふうにうねるのかとびっくりしただけなので。知らないことだらけなので、また教えてください」

とキョウコは丁重にお断りをして店を出た。チューリップはとても奥深く、謎《なぞ》の多い花なのだった。チューリップだけではなく、実は他の花々もそうなのかもしれない。

買い物をして部屋に戻ると、ますますチューリップのうねりが強くなった気がした。そ

のなかでまじめにすっくと花瓶の中央に立っている白いチューリップを見て、笑ってしまった。他の色が好き勝手にうねっていても、

「私は私です。我が道を行く」

といった風情だ。うねっている花たちも、我が道を行っているのは間違いない。こちらの都合とは関係なく、それぞれに行きたい方向があるのだ。キョウコは四方八方、全方向に拡がったチューリップをあちらこちらの方向から見て、

「へええ」

と感心しながら携帯で撮影した。

チユキさんは、ほとんどこちらへは帰ってこないで、ずっと山に行ったきりになっていた。彼と揉《も》めていた、えんちゃんの去勢手術についても、獣医さんが説得してくれて、手術は無事終わったそうだ。

「手術の直前まで、彼は自分がされるような表情で、暗いんですよ。そしてずっとえんちゃんを抱いていて、『かわいそうになあ、困ったなあ』っていい続けていたんです。そして私が、『先生もそのほうがいいっていったでしょう』っていうと、『これは男のデリケー

トな問題なんだ』って、また暗くなるんです」

彼女は電話で呆《あき》れたようにいっていた。

「それはそうかもしれないけど。男同士の微妙な感情があるのかもしれないわね」

「そのことをえんちゃんが深く考えているわけでもないし。ただ人間の勝手でそうしているということは、考えるようにしています。その点では彼がいうように、かわいそうだなとは思います」

「そうよね、人間の勝手な部分もあるし。でも手術をしたほうが、病気になる確率も減るって聞いたけれど」

「彼もそういわれて、最終的には決めたみたいです」

当のえんちゃんは麻酔が切れると、少しの間はおとなしくしていたが、すぐにエリザベスカラーをつけたまま、元気いっぱいで室内を走り回っているという。

「首に輪っかがついているのも、『何でこんなものが』なんて、全然、気にしていないようで、彼も、『えんちゃんは本当に何も考えていないのかなあ』と首を傾《かし》げてました」

「そのくらいのほうがよかったじゃない。元気なのがいちばんよ」

「それはそうなんですけどね。あまりに気にしない性格だと、この子、大丈夫かなって、心配になっちゃって」

エリザベスカラーをつけて、畳敷きの広い室内を、全速力で走り回っているえんちゃんを想像すると、笑いがこみ上げてきた。

「撮影したので、画像も送りますね。私もえんちゃんの手術が終わったので、もう少し経《た》ったら帰ります」

山の一家も元気そうでよかった。電話を切ってしばらくすると、画像が送られてきた。首にカラーを巻かれ、目をぱっちり見開いたえんちゃんが、

「えへへ」

と笑っているかのような大アップの画像だった。

「これは大丈夫だ」

キョウコも安心した。

クマガイさんの部屋からは、生活音が聞こえていたが、顔を合わせるのは十日ぶりだった。キョウコがれんげ荘の前を、レレレのおばさんになって掃除しているときに、外出か

ら帰ってくる彼女と、ばったり顔を合わせた。

「お久しぶりです」

「本当にお久しぶり。ちょっと具合が悪くて、お医者さんのところに行ってきたのよ」

「えっ、大丈夫ですか」

「うん、診察してもらったら、季節の変わり目で血圧が変動したんじゃないかっていう話だったから、検査とかは必要ないみたい」

「ああ、よかった。気温差も激しいですしね」

「そうなのよ。あなたはまだいいけど、私なんかおばあさんだから、気温差があると体がついていかなくて。ずっと風邪《かぜ》っぽい感じが続いたりするの」

「私もなりますよ。何を着ていいのかわからなくて。厚着をすると汗をかいて冷えるし、薄着になると風邪をひきそうになるんですよね」

「そうなの。まあこの建物の中にいても、ほとんど野宿と同じだから、私たちは耐性ができているはずなんだけどね。さすがにだんだん辛《つら》くなってきたわ」

「どうぞお大事になさってください。何かあったら遠慮なくおっしゃってくださいね。買い物でも何でもしますから」

「ありがとうございます。それではお互いに体には気をつけましょう」

彼女はお辞儀をして部屋に入っていった。たいしたことがなさそうでよかった。

前を通った人が、れんげ荘の前に捨てていった、ファストフードを食べた後のゴミや、ペットボトルをゴミ袋に入れ、部屋に戻ったキョウコは、クマガイさんのひとことが気になった。

「『さすがにだんだん辛くなってきた』っていってたけれど、引っ越したりするのかな」

ここは賃貸なので、誰しも引っ越しをする可能性はある。彼女は自分が入居する前からずっと住み続けているし、その分、年齢も重ねている。病気で倒れたときも、息子さんからの同居の話を蹴って、ここに住むことを選んだ。そのときに引っ越しを決めてもよかっただろうに、彼女はそれをしなかったのだ。たしかに何十年も住んでいる部屋には愛着もあるし、当たり前にそのように日常は回っていくのだが、どんな部屋であっても、体を悪くしてまで住み続ける必要はない。

彼女の年齢からいって、息子さんと同居したり、そこまでではなくても、近所に住むという選択もあるだろう。それを考えると、キョウコは寂しくなってきた。母ではないし、姉妹でもない。しかし何だかずっと身内のような気がしていた。チユキさんにしても、娘でも姉妹でもないけれど、身内のように思える。しかしそれはキョウコの一方的な考えであって、二人とも自分を単なるお隣さんと思っているかもしれない。ただ壁の薄いこのアパートで、彼女たちの生活している音が聞こえると、いつもほっとしていたのは事実だった。

三十分ほど心に引っかかっていたけれど、

「クマガイさんの人生の選択に、私が口を出す筋合いはない」

とうなずいて、これからはこの件については考えないことにした。

相変わらずチューリップは、室内でくねくねと悶《もだ》えていた。花壇でまっすぐな茎を伸ばしているチューリップの絵は、ほとんど偽りの姿ではないかといいたくなる。

「こんなに茎が伸びるのねえ」

感心しながらまた撮影した。

その二日後、相変わらず悶えているチューリップを眺めていると、部屋の外から、

「ササガワ様、ササガワ様」

と男性の呼ぶ声がした。いったい何だろうと、キョウコは身構えた。ここには兄夫婦やマユちゃんが送ってくれる荷物以外、宅配便が届くことはない。それも事前に彼らが知らせてくれるので、唐突に荷物が送られてくることは絶対にないのだ。郵便物も外に設置してあるポストで事足りるし、表札も出していないのに、自分がここに住んでいるのを知っている人なんて、本当に数少ないはずなのだ。おまけにれんげ荘の外観のおかげで、セールスの人も来ない。

(電気やガスの点検のはずはないし)

キョウコは返事をしないで、様子をうかがっていた。すると再び、

「ササガワ様、ササガワ様ー」

と呼び続ける。

(誰だろう。図書館の本を返し忘れているとか。気がつかないうちに、私が何かやらかしていたのかしら)

ちょっと心配になって、そーっと引き戸を少し開けたとたん、外の人物と目が合った。

「ああっ、お久しぶりです。区役所のタナカイチロウでございます！」

と明るい声がした。

（えっ）

びっくりして戸を開けると、彼は何度も深くお辞儀を繰り返しながら、

「ご無沙汰《ぶさた》しておりました。タナカイチロウ、また福祉のほうに戻ってまいりましたっ」

初対面のときはおそらく二十代だった彼も、さすがにだいぶ老けていたが、剛毛はそのままだった。

「はあ、そうですか」

彼が異動になったとしても、キョウコの生活には特に問題はない。

「近くにお住まいの、以前、担当させていただいた方のところに、ご挨拶《あいさつ》にまいったものですから、そのついでといってはなんですが、こちらにもご挨拶にあがった次第ですっ」

「ああ、そうですか。それはご丁寧にありがとうございます」

「いえいえ、フットワークを軽くするのが、わたくしたちの仕事ですから」

彼はにっこりと笑った。

「はあ」

としかいえなかった。急に彼は右と左に目をやると、

「あのう……」

と小声になった。キョウコが思わず前のめりになると、

「あのう、まだ、お仕事は……」

と遠慮がちに聞いてきた。

「ああ、働いてません。ずっと無職です。きっとこれからもずーっと無職です」

といった。ちょっと気張ったので声が大きくなってしまった。

「えっ、あっ、そうでしたか。はあ。そうなんですね」

彼は明らかに困惑の表情で、ズボンのポケットからハンカチを出して、額を拭《ふ》いた。

「ふうむ」

鼻息と言葉がごっちゃになったような音を発して、彼は黙ってしまった。

「せっかく来ていただいたのに申し訳ありませんが、私は前にお会いしたときから、まったく状況は変わっていないのです。以前、お話しした以上のことはありません。どうぞお

引き取りください」

それを聞いた彼は、まだお若いのにもったいないというような言葉を、キョウコに聞こえるような聞こえないような声でいったかと思うと、

「わかりました。お忙しいところ突然、申し訳ございませんでしたっ。もしも何かお困りのことがございましたら、いつでも区役所のほうにいらしてください。失礼いたしますっ」

彼はまた深々とお辞儀をして帰っていった。また面倒なことになるかもと警戒しつつ、

「そうか私の生活は、あれからずーっと変わっていなかったのだ」

とキョウコは世の中が動く時間のなかから、取り残された気がしてきたのだった。

2

悶えているチューリップたちを放置したままにしておいたら、ぐわんぐわんとさらに好き勝手に伸びていった。水を替え茎を少しずつ切るのを繰り返しても、元気がなくなっていった。花びらが開ききり、畳の上に落ちていく。そんなふうに一本減り、二本減り、すっくと伸びていた白いチューリップも、花びらが落ちて枯れていった。ピンクが最後まで悶えながらがんばっていたけれど、不安定な状態を保ったまま枯れた。あんなに自由闊達《かったつ》に茎を伸ばしていたのに、どんなものにでも終わりはあるのだ。チューリップが成長するたびに、その勢いに圧《お》されて部屋が狭くなったような気がしたが、すべてのチューリップが枯れてしまった後は、また殺風景な部屋に戻った。

しかし外からは木々が芽吹いてきたのと同時に、鳥の声が聞こえるようになった。今まで寒さをしのいできて、羽を伸ばせる季節になってきたのだろう。

「私も少しはちゃんとしないとね」

鏡の中の、伸びた髪の毛を後ろでひとまとめにしているだけの自分の顔を見て、キョウコはこれではいけないと、今日は散歩がてら髪の毛を切ってこようと決めた。白髪も出てきているけれど、やはりカラーリングをするのはやめにした。

勤めている頃は、白髪はなかったのに、髪の色が明るめのほうが、着ている服が見栄えがするといわれて、ずっとカラーリングを続けていた。金髪にしていたわけではないが、仕事をやめてからカラーリングをやめると、髪の根元からもともとの黒い色が出てきて、本来の黒い髪の色との差が明らかになっていた。そのまま伸ばし続けていると、黒色が勢力を伸ばして茶色を圧倒しはじめ、カットしているうちに、問題はなくなっていった。

他人の目から見たら、どう思われていたかはわからないが、ここでの生活を選んでからは、財政を引き締めなくてはならず、カラーリングはもちろん、なるべくヘアカットをしなくても、見苦しくないような髪型を選ぶようにした。月に一度は必ずヘアサロンに通い、ネイルもきれいにしてもらい、エステティックサロンにも通っていた自分が、ここまでになるかと思ったが、そうしていたのも、社会に、それを会社といい替えてもいいのだが、そこその折り合いをつけるためだったとわかった。そしてそこから離脱した今は、そんなことをする必要もなくなった。見苦しくだらしなく見えるのはだめだが、そうでなければ必要以上に手を加える必要はないと、判断したのだった。

「さて、どこでカットしてもらおうかな」

自分が今まで歩きまわっていた道を思い出してみた。駅の周辺には、十歩歩けばヘアサロンがあるような激戦区だが、どこもぴんとこなかった。勤めている頃に通っていたヘアサロンは、昔、よくいわれていたカリスマ美容師が何人もいる店で、そこでは彼らの部下である店のスタッフが、キョウコのプライベートをいろいろと聞いてきた。当時は服もバッグや靴も、ブランド品で揃《そろ》えていたし、最初に、

「どちらにお勤めですか」

と聞かれて、社名をいうと相手は少し間を置いて、

「すごいですね」

というのが常だった。社名をいうだけで、スタッフのキョウコに対する態度が丁寧にな

った。そういうやりとりを、当時の自分が少なからず受け入れていたのは、人生でいちばんの恥というしかない。もしこのままの姿で、その店に行ったら、彼らはどうするだろうか。店に入る前に追い返されるかもと、笑ってしまった。

ヘアカット中にプライベートについて聞かれるのはとても面倒くさいので、シャンプーなどはいらないし、予約なしでカットだけしてくれるという店舗を選んだ。たしか駅前の以前は理髪店だったところに、そういった店が入っていた。買い物の帰りに、なにげなくのぞいたことがあったが、いつも客がいたので、評判は悪くなさそうだった。

下腹のために、散歩の時間を延ばさなくてはならなくなったため、遠回りをして駅まで行き、カットをしてもらって、それからまた遠回りをして買い物をして帰ってこようと考えた。髪の毛を伸ばして後ろでひとまとめにしていると、髪が乱れずそれほど見苦しくはない。しかしそれをいいことに、そのままほったらかしにしていると、子どもの頃、日本の伝説の類《たぐ》いの本で読んだ、山姥《やまんば》みたいになりそうだった。

「いくら緊縮財政とはいえ、何もかも節約するとね。生活に潤いがなくなるし」

生きることには直接影響はないが、花を飾ったりするのも潤いのひとつで、それらすべてを手放す気はない。またそういったことまで手放して生活したとしても、キョウコはそれなら生きている甲斐《かい》がないと思うのだった。

腹回り、腹回り、と心のなかでいいながら、遠回りをして、目星をつけていたカット店に到着した。中をのぞくと片側の壁に二面、反対側に二面の鏡が設置してあり、そのうちの一席に若い男性が座ってカットをしてもらっていた。店に入ると、すぐに、

「いらっしゃいませ」

と元気のいい声が聞こえてきた。エプロン姿の三十代半ばくらいの男性が、

「こちらへどうぞ」

と先客が座っている対角線上にある席に案内してくれた。

「今日はどうなさいますか」

「カットをお願いします。ずっと切っていなかったので、伸び放題で……。顎《あご》くらいの長さがいいかなと思っているのですが」

彼はうなずきながら、キョウコの顎に水平に櫛《くし》を当てた。髪の毛の癖などを確かめた後、

「十五センチくらい、カットすることになりますが、よろしいですか」

「はい、お願いします」

「それとうちはシャンプーはいたしません。切った後の髪の毛はドライヤーで飛ばすのですが、それでよろしいでしょうか」

「はい、わかりました」

「ありがとうございます。それではよろしくお願いいたします」

彼はスプレーでキョウコの髪の毛を濡《ぬ》らし、櫛でとかした後、ハサミを取り出してカットをしはじめた。その間、ずーっと無言だった。世間話も何もしない。それがキョウコにはとても楽だった。

以前、通っていたヘアサロンだったら、この間、どれだけプライベートの話をしなくてはならなかっただろう。自分の話をするのはいやになったので、スタッフがあれこれ聞いてくるのを、適当にはぐらかしていると、彼らは会話が途切れるのが怖いのか、今度は頼んでもいないのに、自分の恋愛話をはじめたりした。

（女がみんな、恋愛話に食いつくとは思うなよ）

と腹の中でいいながら、

「へえ、そうなの」

と適当に相づちを打っていたのだった。

それに比べてただ髪の毛を切るという行為だけに特化した、この空間のなんと気楽なことか。スタッフの恋愛話も含めて、いろいろと話すのが好きな人は、会話をしながらカットやカラーをしてもらえるヘアサロンも楽しいだろうけれど、キョウコには面倒くさいだけだった。

鏡の中の自分は、すでに山姥が入りつつあった。そこにハサミが入れられ、ケープをかけた肩の上にどんどん髪の毛が落ちていくたびに、顔が明るくなっていった。あっという間にカットが終わった。イメージした通りに仕上がっている。キョウコは代金を払い、店を出た。

歩きながら道の脇《わき》にある店のガラスに映る自分のヘアスタイルを見て、

(なかなかいいじゃない。カットしてもらってよかった)

と満足した。頭もとても軽い。今までは後ろに束ねていたので、顔に髪の毛が触れる感覚はなかったが、暖かい風に髪の毛が揺れるのも、いいものだ。お嬢さんだけではなく、おばさんだってそう感じるのだ。

なじみのオーガニック・ショップに入ると、いつもいる店員さんが、

「あ、髪の毛、切りました？　とっても素敵。その長さ、似合いますね」

といってくれた。

「そう？　ありがとう。切りたてなの」

「えっ、そうなんですか。どこで？」

キョウコが店を教えると、

「ああ、あそこの。興味はあったんですけど、ちょっとどうなのかなって思っていたんですよ。でもカット、上手ですね」

そういいながら、右、左と、キョウコのヘアスタイルを確認している。キョウコが店内での様子を話すと、彼女は、

「それは気楽でいいですね。今度、行ってみようかな」

といった。

「うん、よかったですよ。本当にカットだけなんだけど」

「貴重な情報をありがとうございました」

彼女は笑って、再び品出しをはじめた。その日の買い物は、黒大豆味噌《みそ》、豆腐、せり、卵、ニンジン、消費期限が迫っていて、超安値になっていた、ピーナッツバターの小さなパックだった。

いつもの道を帰ろうと足を踏み出したとたん、

「そうだ、腹回りだった」

と思い出して、逆方向に歩きはじめた。いつもの帰り道はほぼ直線だが、これから歩く予定の道は、アパートに戻るまでに、三ブロックほど遠回りしなくてはならない。とにかく、「腹回り、腹回り」と唱えながら歩いて行った。ゴールデン・レトリバー二匹を連れた、キョウコよりも年上の夫婦が追い越していった。大きなイヌが尻尾《しっぽ》を振りながら歩いているのは、とても愛らしい。そういう大きなイヌがゆったりと歩いているのを見ると、

「気は優しくて力持ち」という言葉をいつも思い出す。

夫婦は道の横にある小さな公園の入口で、立ち止まって話をしていた。イヌたちはおとなしくお座りをして待っている。その公園のある場所には以前、家が建っていた。持ち主

が亡くなった後、区に遺贈したらしく、庭が活かされ、多少、植栽も加えられて、ベンチが二脚、置かれている。するとむこうから、グレート・ピレニーズを連れた男性が歩いてきた。その犬はゴールデン・レトリバーよりも、一回り大きい。夫婦がそちらに目をやると、今まで座っていたイヌたちが立ち上がった。

（あの大きな犬たちが出くわしたら、いったいどんなことになるのだろうか。喧嘩《けんか》にならなければいいけれど）

キョウコは心配になって三頭の様子をうかがっていた。だんだんグレート・ピレニーズが近づいていくと、夫婦は、

「こんにちは」

と男性に声をかけた。

「こんにちは。今日はいい天気ですね」

彼もそう挨拶をすると、イヌたちはお互いに大きく尻尾を振りながら、同じように、

「こんにちはーっ」

といっているかのように、匂《にお》いを嗅《か》ぎ合い、その表情は穏やかに笑っているかのようだ

った。

「かわいいですね、何歳ですか」

女性が飼い主にたずねると、

「三歳なんですよ」

と彼が答えた。

公園の前で三人と三匹は仲よく過ごしていた。お互いに初対面なのに、人間はともかくあの大型のイヌたちが、親しげにしているのを見て、緊張していたキョウコは、ほっと肩の力を緩めた。大乱闘にならなくて本当によかった。あの三頭が乱闘をはじめたら、誰も手に負えないだろう。しかしイヌたちは賢く穏やかで、初対面でも揉めることなくうれしそうに過ごしていた。

れんげ荘の周辺でも、たくさんの人がイヌを散歩させているが、多くのイヌたちは飼い主のいうことをよく聞いて、おとなしく散歩をしている。しかしなかにはそうではない子もいる。ずいぶん前だが、若い女性が、

「ああーっ」

と叫びながら、ダルメシアンにものすごい勢いでリードを引っ張られ、駅の方に向かって疾走しているのを見た。チワワがすれ違うイヌだけではなく人間全員に、ものすごい勢いで吠《ほ》える姿を見たこともある。そのたびに飼い主の中年女性は、身を縮めて、

「すみません、ごめんなさい。こらっ、やめなさい」

と飼い主とイヌと見知らぬ人間に対して何度も謝るのを繰り返していた。犬種やイヌそれぞれの個性もあるが、公園の前で出会ったイヌたちは、みんなが穏やかでフレンドリーな性格だったのだろう。

（それに比べてネコはねえ）

歩きながらキョウコはふふっと笑った。自分の知らないところで、外ネコたちはお互いに挨拶をしているのかもしれないが、キョウコが知っている限り、彼らはフレンドリーというよりも、気にはなりつつ無視するほうが多いような気がする。

相手の縄張りは侵さず、こちらの縄張りにも立ち入らせない。そこにいる気配は感じつつ、気がつかないふりを装う雰囲気が漂っていた。オスとメスだったらまた別の意味があって、他の行動を取る可能性もあるけれど、キョウコが目撃した限りでは、お互いに知ら

んぷり、が多くのネコの態度だった。だいたいネコは飼い主のいうことはほとんど聞かないし、マイペースなので、いつも飼い主と共にあるという考えのイヌとは、根本的に考え方が違う。人なつっこいイヌも好きだが、やっぱり気ままなネコも好きなのだ。

（ぶっちゃん、どうしてるかな）

自宅の生け垣に挟まっているのを救出してからは、姿を見ていない。飼い主のご婦人も外に出づらくなっているようだから、もう散歩姿は見られないのかもしれないな。ということは、一生、ぶっちゃんには会えないかもしれない。さっきまで髪の毛を切って、すっきりしてうれしかったのに、イヌたちの穏やかで優しい姿を見て、微笑《ほほえ》ましく感じていたのに、ぶっちゃんのことを考えると悲しくなってきた。丸々としてふてぶてしく、手足が太くてしっかりしているぶっちゃんをまた抱っこしたい。でも他人《ひと》様のお宅のネコだし、それは叶《かな》わないと覚悟しておいたほうがいいと、考えるようにした。遠回りをして、ぶっちゃんの家の前を通り、そっと生け垣の隙間から家をのぞいてみたが、室内がどうなっているか、ましてやそこにぶっちゃんがいるかどうかなんて、わかるはずもなかった。

「あっ」

れんげ荘の前でばったり、ちょうど帰ってきたチユキさんと出くわした。チユキさんは駅のほうから来たらしく、大きなバッグを肩からかけている。

「お久しぶりです。あー、ヘアスタイル、とてもお似合いです」

チユキさんはにこにこしながら声をかけてきた。

「お帰りなさい。たった今、切ってきたばかりなのよ。ところでえんちゃんのこと、一段落ついてよかったわね」

「ありがとうございます。ほっとしました。キョウコさん、こちらから帰ってきたのですか？」

キョウコは腹回りの話をして、

「運動のつもりなのよ。まっすぐに駅まで行かないで、遠回りをして行って、遠回りをして帰ってくる、っていうのを決めたの」

「ああ、なるほど。ぐるりとひと回りするっていう感じですね」

「そうそう。だから駅の反対側から、帰ってきたというわけです」

「それはお疲れさまでした。腹回りはねえ、私もそうなんですよ」

「えーっ、嘘《うそ》でしょう。そんなにスタイルがいいのに？」

「スタイルがよくても、腹は出るんです」

チユキさんが真顔できっぱりといったので、キョウコは噴き出した。二十代のときは、体つきに躍動感があるのだけれど、歳《とし》を重ねるにつれて、いろいろな意味で体型は緩やかになっていくのだそうだ。

「そして私は緩みすぎ注意、っていうわけね」

キョウコが笑った。

「でも逆に、五十代、六十代になってもスタイルのいい人のほうが怖くありませんか？大きな緩みは問題かもしれないけれど、年相応だったらいいんじゃないですか。私はスタイルのいいつめたい感じのおばあちゃんよりも、太っていてもあたたかい感じのおばあちゃんのほうがいいけどなあ。私もこのまま歳を取るとどうなるんだろうかって、不安がありますよ。歩いていると、子どもたちに『進撃の巨人が来た』なんていわれる女が、おばあちゃんになったらどうなるんでしょう」

「チユキさんはとても性格がいいし、おばあさんになってもすらっとして素敵なままだと思うわ。結局は、背が高かろうが、腹が出ていようが、歳を重ねるにつれて、内面が外側に出てくるっていうことよね。この人意地悪そうだなって思う人って、本当に意地悪だもの」

「外見が内面を表しているんですね」

「そうなのよ。気をつけなくちゃ」

「外側も内側も大変ですね」

「両方、ほどよくといったところでしょうか」

「そうですね。ご教示ありがとうございます」

「やだ、ご教示なんて」

二人はアパートの中へ入らず、入口でずっと話し続けているのに気がついて、

「これじゃだめですよね」

と二人でうなずいた。

その後、それぞれの部屋に入ろうとすると、チユキさんは自室の戸を開け放ち、キョウコをそこで待たせると、バッグの中から、いつものように山のお土産を渡してくれた。

シアブラ、フキノトウ、土筆《つくし》、明日葉《あしたば》と但《ただ》し書きが貼ってある山菜パックと、中につぶ餡《あん》が入った、農家の手作りの大福餅が二個入ったパックをもらった。今は仏像を彫る熱意が一段落しているパートナーが、ドイツ製の小さなグミの袋を十二袋も持っていたそうで、そのうちの二袋ももらった。

「グミ、好きなの?」

「さあ、はじめて持っているのを見ましたけどねえ。たまに食べたいときもあるんじゃないですか。でもえんちゃんの目につくところに置いておくと、すぐに袋をかじって開けてしまうから、気をつけないといけなくて」

「ああ、そうねえ」

キョウコは勤めていたとき、むかつくと自分のデスクで、いくつものグミを口の中に放《ほう》り込んで、嚙《か》みしめていたのを思い出した。味がまじるのはどうでもよく、口の中でそのいやな奴《やつ》を潰《つぶ》してやっている気持ちになった。でも今の自分は、単純にお菓子としてひとつずつグミをおいしく食べられるだろう。

「それではまた、こちらにいますので。よろしくお願いいたします」

チユキさんは丁寧に頭を下げた。

「はい、こちらこそ、よろしくね」

毎日顔を合わせるわけではないが、隣の部屋にいるべき人がいるのは、やはり安心できるのだった。

部屋に入って、あらためていただいたものを見ると、山菜はともかく、問題なのは大福餅だった。見るからにおいしそうで、商売抜きでどんといれられたつぶ餡のおかげで、ずっしりと重い。

「これを食べていいのだろうか」

もちろんキョウコは食べたいけれど、問題は腹回りなのである。ずいぶん前に、駅などでエスカレーターに乗らず、すべて階段を使って運動したつもりでいても、結局、消費したカロリーは、ポッキー一本分と聞いて、心の底からがっかりした。自分はものすごく努力して運動したつもりだったのに、子どものおやつにもならない分しかなかったなんて、辛さと結果が見合わない。

それから考えると、このおいしそうな大福餅一個を食べたら、どれだけ運動しなくてはならないのだろうか。今日の散歩&買い物ルートを、百回巡らなければ、いや二百回巡らなければ、消費できないのではないか。

「う━ん」

キョウコはうなりながら、じーっと大福餅を見た。パックの中の大福餅は、

「あたしたち、おいしいわよ。おばちゃんが一生懸命作ってくれたんだもの」

と誘ってくる。

「そうよね、絶対、おいしいわよね」

腹回りとの闘いである。いくらにらみ合いを続けていても、どうにもならないので、まずいただいた山菜を晩御飯のおかずにする準備をはじめた。フキノトウと土筆を下茹《したゆ》でして、水に放してアクを抜く。コシアブラは勤めているとき、接待で行った老舗《しにせ》の天ぷら店で食べたものがおいしかったので、天ぷらにすることにした。

夜御飯はいいが、問題は相変わらず、目の前の大福餅である。晩御飯の後に食べるのは最悪だろうし、少しでも消費することを考えると、今、おやつとして食べたほうがましのような気がする。それとも夜、散歩に出るか。夜の散歩も気持ちがいいかもしれないけれ

ど……と考えているうちに、パックを開けて一個をひと口食べてしまった。頭よりも体が動くのが情けなかったが、小皿の上にのせて、お茶を淹《い》れてゆっくりと残りを食べた。

「ごちそうさまでした」

少し気持ちが落ち着いた。チユキさんの部屋のほうに向かって、頭を下げた。

夜は御飯を食べるのはやめて、湯豆腐、コシアブラの天ぷら、フキノトウの酢味噌和《あ》え、土筆の黒ごま和えを作って食べた。大福餅を含めて、これで何とか辻褄《つじつま》が合わないかと願っての献立である。土筆の下ごしらえのときの袴の堅さや、食べたときのフキノトウの苦みは、緩んだ体に活を入れてくれた。春は苦いものを食べると、体の毒が抜けていくと聞いたことがあった。これで私の体に溜《た》まった様々な毒気も抜けていってくれるだろうか。そう思いながら、キョウコは食後の食器を洗っていた。

翌朝の黒大豆の味噌汁には明日葉を入れた。昨日の残りの土筆は、ピーナッツバターで和えてみた。悪くなかったが、土筆とピーナッツバターの闘いといった感じになった。完食して食器を洗った後、しばらくぼーっとしていると、両側の部屋の窓が開き、洗濯物を干している気配があった。クマガイさんは外の物干しにも、洗濯物を干しに行ったようだ。

そういえば今日は洗濯日和だなあと窓から見える青空を眺めながら、キョウコは洗濯をする気もなく、再びぼーっとしていた。

以前はこまめに毎日、手洗いで洗濯をしていたが、最近は毎日するのが面倒くさくなり、一日おきに洗濯をするようにした。ぼーっとしながら、鳥のさえずりを聴いていると、ふと不安になってきた。

(私、頭を使うことって、図書館で借りた本を読んで、それを読書日記に書くことと、御飯を作ることしかやってないじゃないの)

このままだと脳が怠けてしまい、歳を重ねるうちに老化が進んでしまうのではないかと心配になってきた。刺繡《ししゅう》やダーニングも最近はやっていないし、細々とでも続けていれば、まだましだったかもしれない。そう思うのならやればいいのにスイッチが入らない。腹回り改善のため、遠回りの散歩をはじめたので精一杯になって、他のあれこれに対してやる気がなくなってきたのだった。やる気というのは分量は各人で違うけれども一定量しかなく、たとえば十あったとしたら、ひとつのことに九を使ったら、残りは一しかない。やる気をうまく様々な事柄に分散して、すべてをまあまあ、そつなくやれる人もいるかもしれないが、今のキョウコは、腹回りがいちばんの問題なので、そこに集中してしまっている。

運動は体にいいとはいわれるが、体力を使わないわけではない。体にメーターが付いていたら、今の自分は残りが一になっている。やり過ぎているとは、全然、思わないんだけど……と愚痴りながら、自分の体力の衰えをつくづく嚙みしめるしかなかった。外から、

「う〜、は〜あ」

というクマガイさんのため息まじりの声がした。

ひと晩寝ると、体力は復活した。といっても「体力の回復が遅い中高年は、無理をして運動をすると、累積疲労を起こす」とラジオでいっていたので、気をつけなければいけない。歩数計があれば、一日、何歩くらいが自分に適正かがわかるかもしれないが、持っていないので自分の頭で数えるしかない。自分で歩数が数えられたら、少しは頭を使うだろう。

三度の食事を減らすつもりはないので、あとは動くしかない。歩数計のかわりに、一歩一歩の数を数えながら歩いていたのはいいが、交差点で信号を待っていて、目の前を通った自動車から顔を出している柴犬《しばいぬ》に目を奪われているうちに、数えた歩数を忘れてしまっ

た。

（あら、何歩だったかしら）

おおまかには覚えていたので、まあ、細かいことはいいかと思いつつ、再び歩きはじめた。ところが買い物をしてお金を払ったとたん、また数えた歩数が頭から消えた。どうやら自分の頭は、気を惹《ひ》かれるものを見たり、複数の数字を入れると、覚えておくべき数字が残らないしくみになっているらしい。またいたいの数から数えはじめ、ぶつぶつと周囲に聞こえないように歩数を口に出しながら、家に帰った。ぶっちゃんの家の前を通るときが、いちばん危険だったので、周りに人がいないのをいいことに、ちょっと大きな声で歩数をいった。もちろん生け垣の隙間から様子をうかがってみたが、姿は確認できなかった。

部屋に入ったときの歩数は、途中、いろいろあったので正確ではないが、八千五百三十八歩になっていた。

「八千歩か」

多いような気もするし、運動としては少ないような気もする。先日もラジオで、高齢男

性が、

「自分は一日一万歩を歩いている」

といったのを聴いたばかりだった。おじいさんがそれだけ歩いているのに、その娘くらいの年齢の自分が、それより少なくていいのだろうか。しかし今の自分には、これが限度のような気がしたので、考えたルートを毎日、歩くと決めた。
二、三日歩いたら、すぐに腹回りが小さくなったらいいのにと思う。若い頃のスタイルになりたいのではなく、中年としてのもとの腹回りに戻りたいだけなのだ。このところふと気がつくと、腹をさすっているのも情けない。歩くよりも寝る前に腹筋をしたほうがいいのだろうかと考えていると、義姉からメールが送信されてきた。
携帯を見ると、胸のところにトラコさん、両太ももに、グウちゃんとチャコちゃんと、体にネコ一家をぶら下げ、「わああ」と大きく口を開けている兄の画像が添付されていた。

「何だ、これは」

メールを読むと、兄がおネコさまたちにおやつをあげるのに、必要以上にじらしたものだから、トラコさんが怒ってまず彼の胸元に飛びついた。それを見た子どもたちが、同じく太ももに飛びつき、三匹が体をよじのぼっている途中の画像だそうである。

「そんなことするからよ、もう」

兄の鼻がまだちょっと赤いのは、獣医さんのところでの負傷が完治していないということなのだろう。

キョウコが電話をかけてみると、

「はあい」

と明るい声で出た義姉の背後から、ネコたちの、「にゃあああああ」「わあああ」という大きな鳴き声と、

「わかった、わかった、あああ、痛い、痛い、いたたたたた、あー、だめだめ、痛い」

と兄の叫び声が聞こえてきた。

「まだ、やってるの?」

「おやつを見せたら欲しがるのは当たり前なんだから、『はい』ってすぐにあげればいいのに、変に、『ほーら、こっちだよ』なんてじらすから、こんなことになるのよね。本当にネコさんたちがかわいそうだわ」

彼女は痛い思いをしている夫よりも、ネコたちを案じていた。背後からは、

「はいはい、これでおしまいねー、おしまい、おしまい」

という彼の声がしたかと思うと、

「痛いよー、服に穴があいちゃったよー」

と悲しそうな声が聞こえてきた。それを義姉は無視した。

「毎日、傷だらけなの」

「まだ鼻の傷は治っていないみたいね」

「そうなの。ただでさえ傷の治りが遅くなっているのにねえ。もう両手なんかざくざくに引っかかれちゃって。じらすとネコさんたちが追いかけてくるのが、楽しいみたいだけど、いつも返り討ちに遭《あ》ってるの」

「キョウコか？　もうやられちゃって大変なんだよ」

兄の声が義姉のスマホから聞こえてきた。

「ふーん」

キョウコは冷たく突き放した。

3

にぎやかになった周囲に比べて、キョウコ自身は相変わらず変化のない平たい日々だった。久しぶりにやってきたタナカイチロウは、善良な人なのだろう。前に来たときも、冷たくあしらったつもりだったのに、福祉に戻ったとたんにやってきた。また、「働かないのですか」「何か困ったことはありますか」がはじまると、気持ちは憂鬱《ゆううつ》だが、彼はまじめに職務を全うしている。適当にやっていればいいと思いながら働いている人間も、なかにはいるかもしれないが、彼は困っている人たちのために、手を差し伸べようとしている。

「しかし私は困っていないのだ」

キョウコはつぶやいた。

彼はキョウコが遠慮をしていると誤解しているふしがある。今までに、困っていてもそうとはいえない人たちと会ったのかもしれない。そうはさせないように、先回りをしていってくれているのだろうけれど、キョウコにとってはそれが迷惑なのだった。自分としては、きちんと説明したつもりだったのに、彼にとっては、困っているのにそうとはいえない人の括りになっているらしい。自分が望んで、このような生活をしているのを理解するのは難しいのだろう。クマガイさんは私よりも年上だけど、息子さんがいるので、タナカイチロウの「困った人」の括りからははずれているのかもしれない。そうなるとキョウコが彼のターゲットになるのは、とても当たり前なのだった。といっても彼が毎日、来るわけでもなし、そうなったら何度でも同じ話をするしかない。でもまた彼はにこにこして来るのだろうなと、ため息をついた。

前日はとても気温が低かったのに、急に気温が十度以上も上がった日、携帯電話が鳴った。コナツさんからだった。

「久しぶりね、元気だった？」

「はい、みんな元気です。ササガワさんはどうですか」

「こちらも何とかやっていますよ。お腹《なか》回りが立派になってきましたけどね」

「あー、あたしもあぶないです」

しばらく話をしていなかった、顔見知りの女性たちがまず話しがちな太った話をしながら、キョウコはコナツさんの声が明るいのにほっとしていた。

「ヨシヒロくんも大きくなったでしょう」

「はい、四歳になって元気がよすぎて大変なんです」

「最初に会ったときは、まだ一歳半くらいだったのにね」

「子どもが大きくなるのは早いですね。毎日、ぐんぐん大きくなっている感じで」

「そう、タカダさんもお変わりなく」

「はい、最近、抜け毛が多いって悩んでいますけどね、あはは」

とにかくみんな元気そうでよかった。若い頃はそんなふうには思わなかったのに、最近は、顔見知りの人が元気でいると聞くと、素直によかったと感じるようになった。これも歳を取ったからなのだろうか。

コナツさんはスーパーマーケットの勤めも続いていて、接客がいい店員さんに贈られる、バッチももらったのだという。ここに住んでいたとき、男性を怒鳴りつけ、蹴《け》り倒した人と同一人物とは思えない。人は成長していくのだ。

「それで、あの、突然、すみません」

彼女の声がちょっと変わった。

「はい」

キョウコは背筋を伸ばした。

「あのう、結婚することになりまして」

「あら、本当？　それって他の人とじゃないわよね、相手はタカダさんよね」

コナッツさんなので念を押すと、

「やだー、そうですよ。他になんていないですよ。あたしも若い頃とは違うんですから」

さすがに本人もわかっているのだなと、笑いを堪えながら、

「おめでとう、よかったわね」

と心からお祝いをする気持ちになった。

「ありがとうございます。いつまでもずるずるしているわけにもいかないので。タカダくんが、ヨシヒロくんが小学校に行くまでには、きちんとしたいといっていたので」

「事実婚もいいけれど、子どもがいると難しいこともあるかもしれないわね。まだまだ日本は男女の夫婦が、世の中での一対扱いになっているから」

「そうなんですよね。もっと自由になればいいんですけど。タカダくんが、自分の子どもなのに、いろいろと裁判所に申立てをしなくちゃならなかったとか、もう面倒くさい関係はいやだ、枠にはまっちゃったほうが楽だっていって」

「二人がそれでいいのならいいんじゃない」

「あたしは結婚したいとは思わなかったんですよ。ただこれからヨシヒロくんが小学校に通うようになって、授業参観であたしが顔を出したとしても、お母さんじゃないじゃないですか。他の子は血がつながっている身内が来ているのに、あたしは彼にとって、同居している他人なわけですよ」

「でも、ヨシヒロくんは懐いているんでしょう」

「ええ。『コナツちゃんは、どうしてお母さんじゃないの』って聞くようになって。それで、お母さんになったほうがいいのかなって聞いたら、『うん』っていうんですよ」

「あら、かわいい」

「でも大人になって実の母親の行動を知ったら、どう思うかなって……」

「それは気にする必要はないんじゃないの。どう感じるかは彼の自由だし、そこまで立ち入れないわよね。彼はあなたにお母さんになって欲しいと思っているんだし、先々のことは悩まないで、今の彼の希望を叶《かな》えてあげたほうがいいんじゃないのかしら」

「タカダくんにもそういわれました」

「タカダさんも安心したでしょうね」

「彼がいちばん大変でしたから。でも、『自分が何も考えていなかったから、あんなことになっちゃったし、ヨシヒロにもかわいそうなことをした』っていってます」

どんな人にもいろいろな山や谷があるのだ。

「それで、結婚のお知らせ、みたいな会をやるんですけど、あの、おおっぴらじゃないんです。ほんの回りの人だけで集まるんですけど、ぜひササガワさんにも来てもらいたくて、電話しました」

「そうなの、ありがとう。喜んで出席させていただきます」

「出席なんて、本当にたいしたことじゃないんです。小さなレストランで集まるだけなんで」

　またあらためて連絡するといって、彼女の電話は切れた。

　コナツさんは、いつまでも事実婚を続けるわけにはいかないんじゃないのかとキョウコも考えていたので、二人が出した結論には賛成だった。彼女には申し訳ないが、過去をいろいろと考えると、もしかしたら現状から、いつか逃げてしまうのではないかと危惧《きぐ》していた。しかしちゃんと現実に向き合って、彼女なりに考えていたのだ。

　うれしくなったのはいいが、お招きを受けたとなると、

「着ていく服はどうする！」

である。クマガイさんからいただいた服は全部素敵だが、そういった席にはカジュアルすぎるかもしれない。若い人はいいけれど、それなりの年齢の女が、その場に合わない格好をするわけにはいかない。フォーマル関係だと喪服はあるが、いくら飾り立てても、若い人ならともかく、ある程度の年齢になると、喪服は喪服にしか見えないのが困る。

　これからの人生に一度か二度しか着ないものを買うのは、現在の生活状況からいくと、なるべくなら避けたい。正直にいえば、お金はないことはないが、自分の周りの助けで何

とかできるのであれば、それで済ませたい。まず頭に浮かんだのは義姉で、服のセンスがよく、どちらかというとドレッシーな格好が好きなので、そういった席にぴったりのワンピースを持っているかもしれない。しかし彼女はずっと細身のままなので、腹回りが気になるキョウコにそれらの服が入るかどうかが、大きな問題だった。

とりあえずは聞いてみようと電話をしてみた。

「あら、こんにちは」

いつものように明るい声で出た背後から、

「にゃあああああ」「わあああああ」といったおネコさまたちの声が聞こえてきた。

「にぎやかですね」

「すごいでしょう。着信音が鳴ったとたんに、三人で、でんわー、でんわーって教えてくれるのよ」

「それはすごい」

キョウコは大げさに驚いてみせた。

「本当にお利口なのよ、みんな。ほら、ちょっと静かにしてね。キョウコお姉さんからだったの。えっ、トラコさん、お話ししたいの？　じゃあ、ほら、こんにちはって、ご挨拶してちょうだい」

これは本題に入るまでに長くなりそうだと思いながら、

「トラコさん、こんにちは。元気にしてた？」

と声をかけると、

「うにー」

と小さい声が聞こえた。後は、ふがふがした鼻息だけしか聞こえてこなかった。

「あら、もういいの、愛想がないわね。ほら、チャコちゃんは？　あ、そう。あなたはいいのね。グウちゃんは？　どうする？」

おネコさまたちの交通整理が終わったのか、義姉はひとつため息をついた。

「みんな行っちゃったわ。ごめんなさいね」

「いえ、大丈夫ですよ。かわいいですね」

「かわいいのは、かわいいの。でも、まあいろいろと大変ね。まとめ買いでセールになっているネコさんたちのトレイの砂と、ズボンを買いに出かけたわ。もうウエストが入るズボンがなくなっちゃったんですって。いやねえ、本当に」

キョウコは兄妹《きょうだい》で、いったい何をやってるんだと噴き出しそうになりながら、

「あのね、お願いがあるんですけど」

と切り出した。

「あら、なあに？　キョウコさんからお願いなんて、はじめてじゃないかしら。うれしいわ、何かしら？」

キョウコは彼女に、レストランでの会の話をして、

「着て行く服がなくて。それで、もしもいやじゃなかったら、お借りできるかなって、図々《ずうずう》しく電話をさせてもらいました」

「あらー、そんなことなの。十枚でも二十枚でもいくらでもお貸しするわ。着てみないとわからないから、いらっしゃいよ。早いほうがいいわよね。私も最近はそういった服は着ていないから、洋服ダンスやクローゼットから出しておく必要があるわね。そうね、いつがいいかしら、えーと……」

義姉は熱心に考えてくれた。そこへキョウコは、

「そうなんですけど、ひとつ問題が……」

と口を挟んだ。

「はい」

「あのう、私も最近、兄と同じくお腹回りが太くなってしまって、サイズが心配で……」

言葉の代わりに押し殺したような笑い声が聞こえてきた。

「わかりました。ウエストがぴっちりしていないデザインのを選んでおくわ。日にちはいつ頃がいいかしら」

キョウコはスケジュールを考えるような生活はしていないので、義姉が提案してきた、一週間後になった。

「またお昼御飯を一緒に食べましょうよ。近所にタイ料理店ができて、そこがおいしいの。テイクアウトもできるっていうから、いつもの私の代り映えがしない料理じゃなくて、それでどうかしら」

「いえ、そんな、お気遣いなく」

「私たちが食べたいの。いつも人が並んでいて、いつ入れるか時間がわからないし、席の予約もできないの。でもテイクアウトは予約ができるっていっていたから、そうしましょう」

義姉は最初から最後まで、明るい声で電話を切った。キョウコにとっては、気に入る前に体が入るかどうかが問題だった。おネコさまたちが登場したのは最初だけで、何をいいたかったのかはわからないけれど、いいたいことはすべてキョウコに話したのだろう。

義姉は本当に立派な人だとあらためて感心した。彼女が人の悪口をいっているのを聞いたことがない。兄に対する不満を、笑いながらいっていたことはあったが、シリアスな雰囲気ではなかった。あの底意地の悪い母でさえ、義姉の悪口をいったのを聞いた記憶がないので、母でさえも彼女を認めていたのだろう。その分、実の娘の私への当たりが強くなったわけだが、それはもちろん義姉のせいではない。兄と比べてお前は、義姉と比べてお前はと、自分の理想の人物にならない、ふがいない娘に腹が立っていたのに違いない。でも母はもういないし、また思い出して腹を立てても仕方がない。自分にとって平穏な日々が訪れたのを感謝したほうがいい。まだ母が生きていたとして、

「あのとき私に、あんなことをいったでしょ」

と問い詰めたとしても、

「絶対にそんなことはいってない」

としらを切るに違いないのだから。

翌日、散歩の途中で、リサイクルショップが開いているのを見つけた。この店の前は何度も歩いているが、開いているのを見たことがなく、いつもシャッターが閉まっていた。ショーウインドーに目をやると、棚の上段にはバッグ、下段には靴が並んでいた。

「ん?」

思わずそのなかのベージュのパンプスに目が引き寄せられた。実家から同じ色のパンプスを持ってきてはいるが、ヒールが高くて履くのは無理そうだったからだ。服もないが靴もない。まさかフォーマルな服に、いつも穿いているスニーカーを履いていくわけにもいかないと、義姉に電話した後に、気がついたのだった。彼女は自分よりも小さいサイズなので、靴は共用できない。改まった場に履いていける靴を何足も処分したけれど、あれを取っておけばよかったとか、もったいないとはまったく思わなかった。自分の人生のなかで、あの靴も含めた、たくさんの物と一緒に、あのときの自分も捨ててきたのだ。

その靴は見たところ、自分が履けるサイズのようだった。そっとショーウインドーごしに店内をのぞくと、キョウコよりも若いエプロン姿の女性が、陳列棚を掃除していた。値段を見たかったが、うまいこと値札が隠されていた。仕方なくショーウインドーに並べてある他の品物の値段を、下のほうから首をねじってそっと確認すると、どれも品物の質に比べて意外に安値だった。

「こんにちは」

中に入って、店の女性に声をかけた。彼女はゆっくりと顔を上げ、

「あっ、いらっしゃいませ」

とにっこり笑った。化粧気のない丸顔の明るい雰囲気の人だった。

「ウインドーにある、ベージュの靴なんですけれど」

「ああ、はいはい。あれはいいものですよ」

彼女は掃除をしていた手袋とは別の、新しい手袋をはめ直して、

「どうぞ履いてみてください」

といってキョウコに手渡しし、キャスターつきの鏡とスツールを、キョウコの前に置い

てくれた。木綿のソックスを履いていたキョウコが、裸足《はだし》で靴を履くのに躊躇していると、

「ああ、どうぞ、裸足で」

と笑ってくれた。履いてみるとぴったりだった。ヒールの高さも、ちょうどいい。

「何の飾りもないから、そういうのが一足あると便利ですよね。国内のちゃんとしたメーカーのものなんですけど、オーダーだったみたいで、幅が少し細いんですよ。だからみなさん、いいわねっていうんだけど、幅が入らなくて諦めてましたね。でも、ぴったりですね」

たしかに誂《あつら》えたみたいな履き心地だった。値札を見たら三千円だった。なるほどと思いながら、チノパンをずりあげた鏡の中の自分の足元を見ていると、

「たしかこれとセットだったはずなんですよね」

彼女が靴と同色のクラッチバッグを、奥の棚から持ってきた。

「これはずいぶん使っていたみたいで、中の布がちょっと切れているんですよね。だから姉……、あ、店長が値段をどうしようっていっていたんです」

かぶせタイプのバッグで、銀色の直径五センチほどの輪に、ひとつだけ彫金の花の飾り

がついている。中を開けてみると、ワインレッドの布が張ってあり、たしかに底の布が五センチほど切れている。でも外からは見えないし、使ったといってもそれがほどよい感じで、劣化しているようには見えない。

「うーん、いくらだったらいいのかな。私にはよくわからないけど。うーん、そうねえ、これ欲しいですか？」

彼女は真顔でキョウコの顔をじっと見つめている。

「ああ、ええ、そうですね。お値段次第かな」

キョウコの言葉に彼女はうなずき、小さな声でぼそぼそと何事がつぶやきはじめた。キョウコが耳をそばだてると、売れた方がいいし、いくらぐらいなのかな、置いておいてもしょうがないだろうしなどといっている。やはり店としてはセットとして売りたいのだろう。キョウコとしては靴は購入するにしても、バッグの値段次第では買わないつもりでいた。キョウコが無言で待っていると、彼女は、

「それじゃ、三千五百円だったらどうです？」

と聞いてきた。

「このバッグをですか？」

有名メーカーで丁寧に作られているのはわかるが、キョウコにとっては辛い出費だった。するとと彼女は首を横に振って、

「ううん、靴とセットで三千五百円」

という。

「じゃあ、バッグは五百円？」

彼女は再びうなずき、

「こんな中が破れたバッグ、ほとんど値段なんかつかないでしょ。仕入れてから何年も経っているし。でもただで差し上げるわけにはいかないから、申し訳ないけれど五百円だけ。どうかしら」

買ってと訴える目で、彼女はじっとキョウコの顔を見た。内側には少々難はあるけれど、外側には問題はない。キョウコは、

「そうですねえ」

といいながら、これから先、このセットを使う機会があるだろうかと考えた。もしかし

たら今は実家を離れているが、甥《おい》のケイや姪《めい》のレイナの祝い事もあるかもしれない。そんなときに呼ばれる可能性だってある。もしものときを考えて物を持つのは、物を増やす元凶になるのだけれど、これらを使う場はある。今日、この店に入ってしまったのが、何かの縁なのかもしれない。店の人も正直そうだし……と考え、

「それではセットでいただきます」

と返事をした。

「わかりました。ありがとうございます。よかったわあ」

あなたに似合うものがあってよかったという意味か、売れてよかったという意味かはさだかではないが、彼女としては後のほうの気持ちが勝っていたかもしれない。

キョウコは簡単に紙でくるんでもらったパンプスとクラッチバッグを、手にしたエコバッグに入れて、店を出た。

「ありがとうございました」

彼女は店の外まで出て、深々とお辞儀をしてくれた。

最近は、ふだんは使うことがない、フォーマル用品のレンタルがあると、ラジオでいっ

ていたのを聞いたことがあった。その料金と今回のセットの金額を比べる術はないが、キョウコとしては、とりあえずあれば安心のセットが手に入って、よかったと思うことにした。帰りがけにおネコさまたちへのお土産の、おやつや御飯を買って、部屋に戻った。

当日、兄の家の最寄《もよ》り駅で、こちらは義姉へのお土産で、オレンジ色のバラの花を八本、花束にしてもらった。バラの本数には意味があり、八本は「あなたに感謝します」という意味になる。「プレゼントをするときには、それを考えて本数を決めたほうがよい」と教えてくれたのは、勤めているときに一緒に仕事をしていた、生花店がクライアントのコピーライターだった。またこれまでは何の花でもよかったのだけれど、ネコがいる今は、ネコにとって危険な花はあげられなくなった。キョウコが興味深く観察しているチューリップも、ネコにとってはよくない花なのだった。これは図書館で調べておいてメモにして残してある。

兄の家に行くときは、前と違ってドアを開けたらすぐに閉めるのが鉄則になった。靴を脱ぐ前に、義姉にバラの花束を渡すと、

「まあ、きれい。そんなに気を遣わなくてもよかったのに。かえって申し訳なかったわ」

と彼女は恐縮していた。そして、ヘアスタイルが素敵と褒めてくれた。

「こちらはおネコさまたちに」

ネコ用おやつを渡して、ふと廊下の隅を見ると、トラコさんがひょっこりと首を出していた。

「トラコさん、お邪魔しますね」

「ほら、おやつ、お姉さんからいただいたわよ。よかったわね。トラコさん、ありがとうございますは?」

そういわれたトラコさんは、たたたっと小走りに出てきて、義姉が見せたおやつの匂いをふんふんと嗅ぎ、キョウコを見上げて、

「にゃあ」

と大きな声で鳴いた。

「ありがとう。ちゃんとご挨拶できるのね。あとでお母さんからもらってね」

しゃがんで頭を撫でてやると、ぐるぐると喉《のど》を鳴らし、ころっと仰向《あおむ》けになった。キョウコが、「いい子、いい子」といいながら、胸からお腹にかけて撫でると、今度は、

「ふごお、ふごお」

といったいどこから出ているのかと不思議になる音を発しながら、くねくねと腰を振っていた。するとたたたたっと音がしたかと思うと、グウちゃんとチャコちゃんがやってきた。お母さんが何かいい思いをしているらしいと勘づいたようだ。

「ほら、あとでみんなにあげますからね。お姉さんがおいしいおやつを持ってきてくれましたよ」

ネコたちはパッケージや形状で覚えているのか、おやつを見るなり、

「わあああ」

と鳴いてテンションが上がっていた。トラコさんは、ひとしきりキョウコに体を撫でてもらい、「ふうん」と大きく鼻息を出した後、ゆっくりと起き上がって、まるでキョウコを案内するかのように、何度も後ろを振り返りながら、テーブルのある部屋に入っていった。

「まず服を選んじゃいましょうか。パパは予約してあったタイ料理を受け取って、一時間くらいしたら戻ってくるから、その間に決められるんだったら決めちゃって、その後でゆ

っくり御飯を食べましょう。その前にちょっとお茶でも」

義姉はキッチンに入り、すぐに紅茶とクッキーをトレイにのせて持ってきてくれた。もちろんネコたちは、

「それは何ですか？　私たちが食べられるものですか？　それだったら私たちは、もらわなくてはいけません」

とトレイに目が釘付けになり、テーブルの上に置いたとたんに、ぴょんと飛び乗ってきて、鼻をくっつけんばかりにして匂いを嗅いだ。

「お好みじゃないと思いますよ」

キョウコがクッキーをつまむと、三匹ともしばらくその匂いを嗅いでいたが、自分たちには関係ないとわかったらしく、すぐにテーブルから降りて、足元でまったりと横になった。

「気に入るのがあればいいんだけど」

お茶を飲んで少し雑談をした後、義姉はそういいながら、二階に上がっていった。キョウコも後をついて部屋に入った。ネコたちは自分たちには関係ない話題とわかったらしく、

床の上で寝転んで日向《ひなた》ぼっこをしているままだった。

「どうかしらねえ」

納戸として使っている部屋には、十着の服が掛けられていた。どれもフォーマルな場に着られそうな素材、デザインばかりだ。自分の部屋にある服とはまったく違う、華やかで女性らしい服が並んでいるのを見て、女性といえども一括《ひとくく》りにはできないと、キョウコは感慨深かった。

「気に入ったのはある？」

「どれも素敵ですけど、問題は、お腹なんです」

「そういっていたから、ウエストを絞っていないか、ゴムが入ったのを選んでおいたのだけど」

気を遣わせてしまい、申し訳なかったと謝りつつ、彼女に似合うような、明らかに愛らしいプリント柄のものは難しいので、まずそれらははずした。無地っぽいもののなかから四着を選んだ。どれもAラインでゆったりとした作りになっている。妊娠中に兄の同僚たちの結婚式に呼ばれ、そのときに着たものだという。

「生地がいいから何かに使えるかなって思ったまま、取っておいたの」

いくら義姉が細身とはいえ、マタニティウエアが入らないと、ちょっとまずいなと怯《おび》えつつ、まずスタンドカラーで若草色のワンピースを試着してみたら、腹回りには問題がなかったが、デザインが似合わない。次に襟なし水色の地に同色で小さな丸柄がふくれ織になっているものはまあまあだったが、これというわけにはいかなかった。

「襟なしのほうが似合うのね、きっと」

義姉はもう一枚の襟なしの紺色のワンピースを手に取った。それは胸ヨークから下がすべて幅三センチほどのプリーツになっている。

「これはね、『いくらでも太って大丈夫ワンピース』って呼んでいたの」

たしかに前も後ろもプリーツなので、広げるとゆとりがある。生地自体に小さな花の地紋があって、無地であっても光の具合によってそれが浮き上がる。

「白いレースの付け襟がついていて、私はそれを付けた気がするけど、キョウコさんはないほうが似合うわね」

今まで着たことがないデザインだったけれど、色を着慣れているせいか、デザインがドレッシーでもそれほど気にならなかった。柔らかい生地なので、Aラインでもそれほど横に拡がらないし、プリーツ効果の縦線のせいで、少しは細く見える。

「そうそう、たしかベルトも付いていたはずだけど」

義姉は洋服ダンスから、共布のベルトを取り出して、試着しているキョウコのウエストに巻いてくれた。

「あら、このほうがいいんじゃない。めりはりがつくから」

ベルトをすると年齢が若く、お洒落度が高くなったような気がした。もう一着はイエロー系の濃淡のプリントで、スタンドカラーからギャザーが拡がり、ウエストにゴムが入っているデザインだったが、紺色のワンピースよりは似合わなそうなので、試着はしなかった。

「いいじゃない、それ。とてもよく似合うけど」

義姉は満足そうだった。

「そうですね。私もこれが一番似合うと思います。いいですか？　これをお借りして」

「どうぞ、どうぞ。お貸しするっていうよりも、私はもう着ないから差し上げますよ」

「ええっ？　でもこんないいものを……」

「何をいってるの。どんないいものでも、着なければ、持っていないのと同じことよ。どうぞ、持っていって。そうそう、アクセサリーはどうする?」

「そんなきちんとしたレストランではないようなので、必要はないと思うんですけど」

「パールのイヤリングくらいはいいんじゃないの。私、同じようなのを二つ持っているから。ピアスじゃないけれど、それもよかったら持っていって」

義姉は紺色のベルベットを張った平べったい箱に入ったパールのイヤリングをくれた。一粒だけついたシンプルなものだった。

「それは若い頃、私が買ったものだから、いいものじゃないけれど。ちょっと耳元にあったほうが素敵じゃない。髪の毛も短くなったから、イヤリングを着けたら映えるわよ」

彼女はグレーのベルベットが張られた平たい箱を取り出した。それを開けると中には、紺色の箱に入ったものとほぼ同じイヤリングが入っていた。

「ね、同じものが二個あってもしょうがないから」

義姉はにっこりと笑った。そして、

「あのね……、グレーの箱のイヤリングをプレゼントしてくれたの、お義母《かあ》さんなの」

といい難そうにいった。

「ええっ、本当に？」

キョウコはびっくりして、そのパールのイヤリングを見つめた。

4

義姉《あね》が母からもらった品は、特別、高価なものではなかったけれど、母が彼女に自分のものを譲ったのではなく、買ってプレゼントをしたことに、キョウコは驚いた。キョウコは母からプレゼントというものをもらったことはなかった。子どもの頃《ころ》の誕生日には、ケーキを買ってお祝いはしてくれたが、それで十分だと思ったのだろう。父がまだ生きていたときは、キョウコの喜びそうな外国の絵本や小物などを買ってくれたが、亡くなってから母が引き継ぐようなことはしなかった。

兄にはちゃんと、ケーキの他にも母からのプレゼントがあった。妹にプレゼントがないのをかわいそうに思ったのか、ある時期から父から引き継ぐように、兄がこっそりと誕生日プレゼントをくれるようになった。栞《しおり》であったり、ハンカチ一枚であったりはしたが、キョウコにとっては、身内からもらえる、唯一のプレゼントだったので、それらは小さな箱にいれて、れんげ荘にも持ってきた。

そんな自分の娘にでさえ、頑なな態度の母が、義姉にパールのイヤリングをプレゼントしていたのである。キョウコの前で、特別に義姉を褒めることはなかったけれど、善良な彼女に対して、信頼しているのは見ていて明らかだった。俗にいう、嫁と姑《しゅうとめ》の争いがなかったのは、身内としてはありがたかったし、それはすべて義姉の性格によるものだった。そしてそれに対して、自分は人から面倒を見てもらい、優しくされて当然という性格の母が、そんな気持ちをプレゼントとして義姉に伝えていたのに驚いたのである。

キョウコが正直にその話をすると、義姉は、

「そんな……。自分の娘に何もしないなんて、ありえないわ」

と悲しそうな顔をした。

「あの人はそういう人なのよ。それでもカナコさんにこれをあげたのだから、相当、感謝していたのだと思うわ。本当にありがとう」

キョウコが礼をいうと、義姉は、

「私なんかより、キョウコさんにちゃんとしてあげて欲しかったわ、実の親なんだから」

と涙ぐんだ。

「いいの、いいの、私は母にそういう一面があったってわかって、びっくりしたけれど、ちょっとうれしかったから。迷惑かもしれないけれど、大事にしてやってください。もしかしたら女性にあげた、この世でたったひとつのプレゼントかもしれないから」

義姉は涙顔のまま、くすっと笑って、

「それは貴重品ね。でもこちらはもらってね」

と紺色の箱に入ったほうを手渡してくれた。

「ありがとうございます。これで着る服からアクセサリーまで、全部揃《そろ》っちゃった」

彼女はキョウコがうれしそうにいうのを黙って聞いて微笑《ほほえ》んでいた。

階下から、

「にゃあああ」「わあああああ」

といぅネコたちの鳴き声と、どどどどどという足音が聞こえてきた。

「パパが帰ってきたんだわ。おネコさまたちはすごいのよ。今日は車の音がするからわかるんだけど、歩いて帰ってきても、ピンポンを鳴らす前に、走って玄関に迎えにいくの」

「どうしてわかるんでしょうね」

「不思議よね、あれだけは理由がわからないわ」

義姉と共に階下に降りていくと、ピンポンと玄関のチャイムが鳴った。彼女がインターフォンで、はいと返事をする前に、

「わあああ」「にゃああ」

とネコたちは大きな口を開けて、

「帰ってきたあ、帰ってきたあ」

といっているかのように口々に鳴いた。

彼女が鍵《かぎ》を開けると、より大きな声でネコたちの声が響き渡った。

「おー、すごいお出迎えだな。ただいまー。おう、キョウコ、入るのがあったか?」

自分だってウエストが入るズボンがなくなったくせにと呆《あき》れながら、

「ありました！　ちゃーんと入るのが、何枚もありましたよ。お兄さんこそ、入るズボンはあったの？」

「あるに決まってるじゃないか。まだ標準体型の範囲内だぞ。そのなかで腹が出てきただけだから、いくらでも選択肢はあるの！」

兄と妹の何の役にも立たない口げんかを眺めつつ、義姉はネコたちの体を撫《な》でてやりながら、情けないといいたげな顔で笑っていた。

「はい、もらってきたよ」

兄が彼女に、タイの文字が書いてある大きな紙袋を渡すと、ネコたちの目はその袋に釘《くぎ》付《づ》けになり、

「わああああ」「にゃあああああ」

と、さっきよりもひときわ大きな声で鳴いた。

「何だ、パパよりもタイ料理だったのか？」

「当たり前じゃないの。あっ、御飯が帰ってきたーって鳴いていたのよ」

「えーっ、そうなのかなあ」

ちょっとがっくりした兄を無視して、義姉が、

「いい匂《にお》いはするけど、あなたたちは食べられないからね。食べるとお腹《なか》が痛くなるからだめなのよ」

といいながら紙袋をキッチンに持っていこうとすると、再びネコたちは、紙袋を見上げながら、わあわあと大声で鳴いていた。グウちゃんはあまりに必死で、鳴き声が裏返っていた。

「ほら、パパと遊ぼう、ほら、おいで」

兄が手製のおもちゃを床にそって動かしても、ネコたちはそちらのほうはちらりとも見ずに、義姉にへばりついている。

「ほら、ほうら、こっちにおいで。あっ、まるで鳥さんみたいに動くよー、見てごらん、あっ、鳥さんかな？　ぱたぱたぱたー」

兄がいくら一生懸命に誘っても、ネコたちは完全無視だった。だんだん彼の声が小さくなり、しまいには、

「だめか」

と小声でつぶやいて、手作りおもちゃを残念そうにしまった。そして、

「はあ、まったく……」

といいながらダイニングチェアに座り、テーブルに片肘《ひじ》をつきながら、キッチンでの義姉とネコたちの攻防を眺めていた。

「匂いが強いから、余計に興味を持つのよ、きっと」

向かい側に座って、キョウコは兄を慰めた。

「自分たちは食べられないのに？」

「ネコって、いちおう何でも匂いを嗅ぎたがるのよ。おいしそうな匂いがしたんでしょう」

「でも食べられないんだろ」

「きっと目の前でそのものを嗅げば、食べられるかそうじゃないかはわかると思うけど、今は全部の匂いがごっちゃになって、それで興奮してるんじゃないのかな」

「ふーん」

どっちみち兄は不満そうだった。義姉も、

「あなたたちは食べられないのよ。そんなに鳴かないで、他のことに体力を温存していたほうがいいんじゃないの?」

などといいながら、まとわりつくネコの間をすり抜けて電子レンジや、食器棚まで歩いていったり、あちらはあちらで大変そうだった。

約二十分間のネコとの攻防戦の結果、おいしそうな揚げ春巻、グリーンカレー、パッタイ、豚肉とハーブのサラダ、青パパイヤのサラダ、トムヤムクン、野菜とエビの五目炒め、焼き鳥などのタイ料理が、テーブルの上に並んだ。ネコたちもテーブルの端に座って、穴があくほど料理を眺めていた。最初はネコたちをテーブルの上にのせないようにしていたのだが、兄夫婦のネコかわいさゆえに、つい温情を出してしまったのと、ネコたちのジャンプ力のすごさで、テーブルの上もネコたちの陣地になってしまったのである。

「テーブルの上にのらないように、ちゃんとしつけている人もいるみたいだけど、うちは失敗しちゃったからね。だから食事のときはもう大変。でも聞きわけがいいから、お皿からかすめ取るようなことはしないのよ」

「うちの子たちはお利口だし、お行儀がいいよね」

満足そうに兄がうなずいた。動物を飼っている家は、どこでもうちにいる子がいちばんなのである。

義姉が、

「どれも食べられないわよ。それでもよかったら、どうぞ嗅いでみてください」

とネコたちにいうと、おネコさまたちは三匹それぞれに皿や器の匂いを嗅《か》ぎ回った。そのあげく、トラコさんは、大きく、

「にゃー」

とひとことだけ鳴いて、テーブルから降りていってしまった。同じくチャコちゃんもグウちゃんも、「何も成果なし……」といったふうに、おとなしくテーブルから降りていった。

「残念でしたね。あとでおやつをあげるから、ちょっと我慢してね」

義姉が優しく声をかけると、ネコたちは目をぱっちりと見開いて、

「えっ、本当？　おやつ？」

とうれしそうな表情になった。

「あとでね、あとで」

ネコたちはおとなしくソファの上に移動し、そこで三匹で和んでいた。

「はあ、やっと静かになった。いただきます」

兄は箸を取って小さく頭を下げた。

「キョウコさんもどうぞ召し上がって。ここの店はいつも長蛇の列でね。今日はどうだった?」

義姉がたずねると兄は、

「開店直後なのにずいぶん並んでた。うちみたいにテイクアウトの人も結構いたけど、予約していたから、そんなに待たなかったよ」

「お店の人もとても感じがいいし、安くておいしいの。テイクアウトができると楽ね」

「そう、わたくしはその係になりました」

兄は焼き鳥をつまみながらいった。グリーンカレーは辛いのだけれど、味に深みがあっておいしい。すべてが丁寧に作られているのがよくわかった。キョウコがまだ会社に勤めている頃、エスニック料理が流行《はや》って、タイ料理店もあちらこちらにあったが、本場のタイに行って食べたり、きちんと作られた地元の人が作った料理を食べたりすると、今はもう潰《つぶ》れてなくなっている流行当初のそれらの店は、なんちゃって料理店だったことがよくわかった。

「若い夫婦がやっていてね、奥さんがタイの人で、奥さんの弟妹もお手伝いしているんですって」

「それは本格的ね」

「そうなのよ。それで値段が安いからね。人気は出るわよね」

兄はパクチーが苦手だったのに、ここのタイ料理店に通ううちに、食べられるようになったのだそうだ。

「ただ臭い草だと思っていたのに、おいしくなってきたんだよね」

「大人になって食べられるものが増えるのは、いいことじゃないの」

キョウコが笑うと、

「そのせいでね、ジャストサイズのズボンがだんだんなくなっていくわけだよ」

「パクチーだけで太るわけないじゃない」

「そうなのよ」

義姉が兄妹《きょうだい》の会話に入ってきた。

「甘い物も食べるようになったからね。お酒は控えめになったけれど、その分、バウムクーヘンがねえ」

彼女はふふっと笑った。

「バウムクーヘン？」

「あれはどこの店のもうまいよなあ。ケーキみたいにクリームがいっぱいのってないから、大丈夫だろうと思って、毎日食べてたら、ジャストサイズのズボンがなくなった……」

「バウムクーヘン腹だったのね」

「そうです」

兄は素直にうなずいた。

「キョウコは何なんだ？」

そう聞かれてぐっと言葉に詰まったが、甘い物も大量に食べているわけではないので、

「運動不足です」

といった。兄はふふんと鼻で笑った後、

「毎日、歩く癖をつけないと、どんどん歩けなくなるから、気をつけたほうがいいぞ」

「だから毎日、買い物のときに遠回りをするようにして、散歩をしてるのよ」

「散歩じゃなくて、早歩きじゃないと効果がないらしいぞ」

「あら、そうなの」

「のんびり歩いたって、そりゃあ、体重は減らないだろう」

「体重は人にばれないけど、お腹回りの見た目を何とかしたいのよ」

「それは早歩きと腹筋だな」

兄は運動のプロのような口調でいった。

「お兄さんも運動しないとね」

「毎日、ネコたちと運動してるよ。ただおつかいでタイ料理店に行ったり買い出しをしたり、定期健診でネコたちを病院に連れていったりするときは、やっぱり車じゃないと」

「バウムクーヘンをやめれば？」

「そうよ、ちょっと多すぎよ」

義姉がたしなめた。

「やめるのはちょっと無理だなあ」

彼女の話によると、輪切りになっている一般的なバウムクーヘンではなく、切り株のような形状のものを、会社の後輩からいただいたとき、義姉は輪切りにした二センチほどをやっと二きれ食べたくらいだったのに、兄はまるで森のクマのように、切り株を抱えていたという。

「私が目撃したときはね、それを丸かじりしようとしていたの。食べてもいいけれど、そのままじゃなくて、きちんとカットして食べてちょうだいっていったら、カットしたのはいいけど、全部食べちゃったの」

「はあああ」

キョウコが驚くと、兄は、

「えへへへ」

と笑っていた。

「丸ごとかじったら、もっとおいしそうだなって思ってさ。まあ、あんなことをしたらだめだね」

キョウコが知っている、優等生の兄のイメージからは想像できない姿を、この歳《とし》になって知った。母と同居しているときは、きっとバウムクーヘンを丸かじりなどといった姿など見せなかっただろう。頑なな母の存在は、キョウコだけに影響しているように感じていたが、実は褒めちぎっていた兄にも、無言の圧力をかけていたのかもしれない。キョウコは家から出ることで、反旗を翻したが、兄は母が亡くなるまでその状態が続き、そしておネコさまたちが家に来てから、スイッチが入った。自分たち兄妹は、母の死後、中年になってやっと、母から解放されたのかなと思った。

いつ食事が終わるかと、三匹で和みながらも、ずっと観察していたネコたちは、三人がアイスクリームにオレンジのコンフィチュールをかけて食べはじめると、

「終わったよね、御飯終わったよねー。私たちのおやつの時間よねー」

と口々に鳴いてアピールしはじめた。

「本当にあなたたちはよく見ているわね。感心しちゃうわ」

義姉は中座してネコたちの器が置いてある場所に行くと、三匹は、

「わあああー、わあああああ」

と絶叫して、彼女の体に飛びついた。

「痛い、痛い、爪《つめ》が、ああっ、こら、チャコちゃん、痛い。グウちゃん、かかとを噛《か》まないでちょうだいっ」

彼女は体中にネコをくっつけて、そのままキッチンに戻り、おやつを器に入れてやっていた。その間も三匹は顔を見上げて大合唱である。

「にぎやかねえ」

キョウコが笑うと、

「毎日、こうなんだよ。でもよかったよ、この子たちが来てくれて。そうじゃなかったら、おじさんとおばさん二人で、どうやって暮らしていけばいいんだ?」

「えーっ、だってお兄さんたち仲がいいじゃない」

「それはそうだけど、でも、煮詰まるじゃない、二人だけじゃ」

「孫がいる人はね、それなりに楽しみもあるだろうけど」

キョウコがそういうと、やっとおやつにありついて、ネコたちから解放された義姉が戻ってきて、

「孫がいたらかわいいでしょうけど、大変みたいよ。何かと頼りにされるんですって。お世話やらお金やら。うちはネコちゃんでよかったわ」

意外にドライな義姉の発言に、またちょっとキョウコは驚いた。そういえばそれぞれ独立していった自分たちの子どもに対しても、いつまでも面倒を見ているふうではなかったし、住んでいる場所に遊びに行ったという話も聞いたことがなかった。いやなことはいやといえる人なのに、母に関しては自分のいいたいことがあっても、じっと心にしまって我慢してくれていたのかもしれない。

「子どももそうだけど、孫がいようといまいと、それぞれの人生ですよ」

兄はそういいながら、アイスクリームを追加した。女性二人はそれを見て、

「あら、それはだめなんじゃないの」

と同時に注意した。

「いいの、ジャストサイズのズボンを買ったばかりだから。まだ余裕がある」

彼は妙な理屈をいって、おかわりをした。しかしその後、ちょっと気がとがめたのか、立ち上がって両腕をぐるぐると回したり、腰を交互にひねったりしていた。おやつを食べ終わったネコたちは、そんな飼い主の姿をソファの上で毛繕いをしながら横目で見ていた。

キョウコは焼き鳥をおみやげにもらい、こちらももらったワンピースと、イヤリングを持って帰ってきた。バッグも靴もあるし、これで改まった席に呼ばれても外見が整う。ここに引っ越してきた当初は、そういった付き合いからも縁が無くなるだろうと思っていたが、実はそうではなかった。社会とはつながっていない自分を思い出してくれたうえに、コナツさんに声をかけてもらったのがうれしかった。

それから三日後、コナツさんからお披露目会の連絡がきた。隣町の小さなレストランで、参加人数は六人だという。コナツさんの両親にはすでに挨拶《あいさつ》を終え、顔合わせの食事会も済ませたそうだ。

「出席予定は、あたしたち三人とササガワさんと、あたしの友だちと、スーパーの上司です」

「そんな親しい方ばかりのお席に、私がうかがっていいのかしら」

毎日、顔を合わせているわけではないし、自分だけ場違いのような気がする。

「そんなことないです。ササガワさんにはいろいろと相談にのってもらったし。本当に助けられましたから」

「そういってくださるのなら、喜んで出席させていただくけれど」

「あ、それで、ご祝儀とか、そういうものは、なしにしてください。うちの親が払ってくれるので」

「ええっ？　でも……」

「父親がそうするっていうんで、それでいいんです。結婚どうのこうのじゃなくて、おやじがおごってくれる会だと思ってください」

思わず噴き出しながらキョウコは、

「わかりました。それでは手ぶらで行きますね」

「そうです、そうしてください」

彼女の話によると、タカダさんのご両親は、これまでの息子のごたごたに呆れて、勘当状態にしたそうで、コナツさんの両親との顔合わせの席にも出なかったという。

「タカダさんにはそれほど責任はないと思うけど」

キョウコがつぶやくと、

「お父さんが厳しい人で、きちんとやるべきことをやらないから、こんなことになるって、激怒したらしいです。前の女の人が男の人のところに行っちゃったのも、タカダくんが男として、きちんとした態度をとらなかったからだって、いっていたみたいで」

「でもこれで落ち着いたわけだから」

「そうですね。まあ、わかってもらえるように努力します」

あのコナツさんから、努力という言葉が出るとは想像もしていなかった。彼女もこれで落ち着く場所が得られたのだろう。職業は旅人だといって、世界中を旅していたけれど、結局は自分の生まれた国に戻って、そこで子どもがいる人と結婚した。外にばかり目が向く時期もあるかもしれないが、その人にとっての幸せは、青い鳥の童話じゃないけれど、すぐ近くにあったのかもしれない。

翌日、部屋の戸を開けると、外から帰ってきたクマガイさんと、ばったり顔を合わせ、そこでコナツさんの話をした。

「よかったわねえ、いろいろあっても、何とか収まるところに収まるものだわねえ」

彼女も喜んでいた。

「今度、お披露目のお友だちや上司が参加する小さな食事会があるんです。部外者なのに、私にも声をかけていただいてしまって……」

「あなたを頼りにしていたのよ。いっておあげなさいよ」

「はい、そのつもりです」

クマガイさんはにこにこ笑いながら、

「着る服は大丈夫？」

と聞いてきた。

「義姉からもらいました。それもマタニティウエアを。靴もバッグも揃えました」

「それはよかった。で、メイクはどうするの？」

「あっ」

ころっと忘れていた。日焼け予防のためのパウダーファンデーションくらいは持っているが、毎日、ほとんどすっぴんなので、気張って出かける用のメイク用品など、持ってい

なかった。するとクマガイさんが、

「この間、仕事をしたときに、そこに化粧品会社の人がいて、コフレとかいうものをもらったのよ。メイク用品のセットなんですって。私は使わないけど、誰かにあげようと思っていたから、それをあげる。ちょっと待ってて」

と早足で部屋に入り、小さなポーチを持ってきた。

「みんな小ぶりだけど、たまに使う分にはかまわないんじゃないかしら。ひととおり入っているみたいだけど」

キョウコが彼女と一緒に中身を確認すると、ファンデーション、アイブロウ、アイシャドウ、マスカラ、チーク、口紅、コンシーラーまで入っていた。

「全部、揃ってますねえ。すごいですねえ」

思わず見入ってしまった。

「どうぞ使って」

「いいんですか」

「もちろん、私には無用の長物だから。しばらくメイクをしてなかったなら、ちょっと練習したほうがいいかもよ」

彼女はにっこり笑い、軽く手を挙げて部屋に入っていった。

突然のすばらしいプレゼントに、キョウコはそのポーチを胸に抱えて、部屋に戻った。

きちんとしたフルメイクなんて、ここに引っ越してきてから、ほとんどした記憶がない。しかし結婚式場での披露宴ではないので、そこまでフルでなくてもいいかなと思いつつ、鏡の前で練習してみた。会社に勤めていたときは、毎日、フルメイクで出社していたのに、それから遠ざかってしまうと、どうもうまくいかない。以前、やっていたようにアイシャドウやマスカラをつけても、チークをつけても、いまひとつぱっとしない。ずいぶんメイクが下手になったものだと思いつつ、じっと鏡の中の自分を見て、その理由がわかった。

「歳を取ったものね、私」

いくらメイクをしたとしても、当時の見慣れた自分の顔に戻れるわけがないのだ。

「なるほどね」

時間が止まったような部屋に住んでいると、自分もそのまま保存されているような気がするが、実はちゃんと時間は経過しているのだった。

それからキョウコは、今の自分の顔を認識しつつ、試行錯誤しながらメイクをしてみた。いつもちょっと眠そうな、すっぴんの自分よりも、はっきりとした顔立ちになった。

「これでよしとしましょう」

そう思ってメイクを落とそうとしたが、そのためのクレンジングがない。化粧品を揃えてしまうと、芋づる式に必要なものが増えていく。何かないかと室内を見渡すと、オリーブオイルに目がとまった。生活のなかで、食材にはお金をかけているので、エクストラバージンオリーブオイルのなかでも、高いものである。それを使い古して柔らかくなった、そろそろ掃除布に下ろそうかと思っていた、手ぬぐいの端につけて、メイクをした部分をぬぐうと、ちゃんと落ちた。その後に石けんで顔を洗ったら、問題なかった。

「よし、これでいこう」

ふだん、気の張る外出など、ほとんどないキョウコは、化粧を落としたすっぴんの顔で、自分に気合いを入れた。

会の当日は、忘れていたストッキングを買いにコンビニに走ったくらいで、つつがなく必要な品々は揃い、これから装着という段階に入った。メイクもなるべく厚塗りにならないように済ませ、髪の毛を梳かすと、まあ、何とか気張ったお出かけ用の顔にはなった。ストッキングを穿いたとたん、なぜか足がぞわーっとしたけれど、半日くらいは仕方がない。義姉から借りたワンピースのウエストに、太くなった腹回りが目立たないように、ゆるく共布のベルトを結ぶと、こちらもまあ、見られる姿になった。本来ならば、下着もきちんとエレガントにするべきかもしれないが、そういったものも持ち合わせていないので、実用一点張りのオーガニックコットンのおばさんパンツとカップつきキャミソールである。そこに訳がわからないまま値段がついた、靴とバッグのセットを持つと、いちおう完璧《かんぺき》なお出かけスタイルが完成した。

「おおっ」

小さな鏡の中の姿を見て、特に感激したわけではないが、ふだんとは違う自分の姿に思わず声が出てしまった。およばれ服ではないが、社会を意識した服装をし化粧もして、毎日通勤していたなんて、今の自分からはとても想像できない。たしかに若いということもあっただろうけれど、何かしらで自分をごまかし、機嫌を取らないと、続けられなかった。それが自分にとっては服、靴、バッグなどをたくさん購入したり旅行をしたりだったのだ。

リフレッシュ、ストレス発散と、そういった行動をポジティブにとらえたほうがいいのかもしれないけれど、今から考えれば、そのときの楽しみはごまかしだった。でもそれでまた明日からもがんばろうと思えるのならば、したほうがいい。でも自分はどんなご機嫌取りをしても、最後はがんばる気にはなれなかった。ふだんとは違う自分を見ながら、ふっと笑って、キョウコは部屋を出た。

レストランは、家族経営の小さな町の洋食屋さんだった。タカダさんが学生時代にアルバイトをしていた縁で、この店にしたのだという。コナツさんはキョウコに会うなり、

「どうしたんですか？　ふだんと違ってめっちゃきれいなんですけど」

と驚いていた。彼女の少し後ろでヨシヒロくんと手をつないでいたタカダさんが、

「失礼だなあ、そんなことをいうんじゃないよ。申し訳ありません、物のいい方を知らないもので。これからちゃんとしつけますから」

と頭を下げて謝ってくれた。

「お二人のためにがんばりましたよ」

そういって笑うと、二人は、

「本当にありがとうございます」

といって深々とお辞儀をした。

店は時間帯での貸し切りで、フロアの中央にテーブルを集めて、そこに白いテーブルクロスが掛けられていた。キョウコが席に座ってよく見ると、クロスの縁《へり》にはぐるりと、かわいいつるバラのフランス刺繍《ししゆう》が施されていた。明らかにプロの手によるものではないのがわかった。

「かわいい刺繍ですね。どなたがなさったのですか」

ナイフ、フォーク、お箸《はし》を並べてくれている、お店のママさんにたずねると、彼女は恥ずかしそうに、

「私なんです」

と小声でいった。

「これだけ刺繍をなさるのは大変だったでしょうね」

「はい、大変でした。おそろいの柄でナプキンの隅っこにもちょこっとね」

彼女は笑いながら、カトラリーを並べ終えると、厨房《ちゆうぼう》に入っていった。そっとテーブル

の上のナプキンを開いてみると、ひとつの角のところに、一輪のバラの花が刺繍されていた。家族経営の小さなお店は、どんな業種であっても、朝から晩まで働き詰めの仕事ではないかと思うのだけれど、そのなかでママさんはこのような手仕事が楽しみだったのだろう。既製品をそのまま使わないところが、このお店全体を表しているような気がした。

5

少人数でのお披露目会がはじまった。キョウコの席の右側は、コナツさんのお友だちのドレッドヘアの肉付きのいい女性で、左側はスーパーマーケットの上司の男性だった。女性は胸元が大きく開き、襟ぐりと裾《すそ》に大きなフリルがいっぱいついた、オレンジ色のコットンのミニドレス姿で、上司はグレーのスーツにネクタイを締めていた。

タカダさんから、

「こんな適当に生きてきた自分たちのために、時間を割いていただいて、本当にありがとうございます。今後は他人《ひと》様に迷惑をかけないように、子どもを大切にして、まじめに家庭を営んでいきたいと思います」

という挨拶があり、事情を知っているお友だちとキョウコはくすっと笑ったが、上司はきょとんとしていた。コナツさんが、

「うちのお義父《とう》さんのおごりなんで、もし足りなかったら、何でもじゃんじゃん頼んじゃってください」

といったものだから、タカダさんに、

「また、そんなことをいって」

としっかりたしなめられていた。ヨシヒロくんはコナツさんのそばから離れようとしなかった。

注文したドリンクを飲みながら、料理が運ばれてくるのを待っていると、隣の友だちの女性がビールを水のように飲みながら、

「あたし、サリっていいます。はじめまして。コナツちゃんとは、どこで知り合ったんで

すか」

　と人なつっこい笑顔でキョウコに聞いてきた。コップを持つゴールドのラメが光る真っ赤な長い爪に圧倒されそうだ。

「ササガワキョウコです」

「ああ、聞いたことあります。コナツさんが住んでいたアパートが、私と一緒だったんです」

「ううん、そうなのよ。ものすんごく古いアパートなんすよね。おまけにそこの物置に住んでいたっていってたけど。それって嘘《うそ》っすよね」

「うううん、そうなのよ。コナツさんがいたのは、アパートの物置だったところでね。私ものぞいたときにびっくりしちゃった」

「えーっ、まじでー？　本当だったんだ。あたしはてっきりウケ狙《ねら》いだと思ってた」

「違うの。本当なのよ。あれはちょっとすごかった」

「へええ、でもコナツちゃんだったらやりそうだな」

　彼女は心から楽しそうに笑った。

「サリさんはどちらでのお知り合い？」

「あたし、学校を卒業してから、バイトをしてはお金を貯《た》めて海外に行ってたんすよ。コナッちゃんとは、タイで知り合ったんっすよ。ワット・ポーに行ったとき、ものすごい暑さで樹《き》の下にいたら、そこにコナッちゃんがやってきて、お互いに目を見て、『あんた、日本語通じるよね』っていう感じで」

「偶然の出会いだったのね」

「そうなんすよ。二人で五日くらい、タイをぶらぶらして、その後、彼女はラオスだったかインドネシアだったかに行ったのかな。あたしはタイで今の旦那《だんな》、ジャマイカ系のアメリカ人なんすけど、彼と出会っちゃって、それからジャマイカに行っちゃったんで」

「じゃあ、ずっとコナッさんと一緒にいたわけではないのね」

「はい」

彼女はごくっとビールをひと口飲んで、

「スマホなんかなかったんで、日本に帰ったときに、お互いに連絡してみるっていう感じでしたね」

「それじゃあ、今日は……」

「今は大阪にいるんす。旦那が、住むのは日本がいちばんいいっていうんで、こっちで結婚したんす」

「ああ、そうなの」

「はい」

彼女はまたにっこり笑って、ぐいっとビールを飲み干し、

「すみませーん、お替わりお願いします」

と空になったコップを振った。

「コナツちゃん、いいですよね。結婚したら子どもまでついてきちゃったんすもん」

ビールを持ってきてくれたママさんに小さく「ありがとうございます」といって、彼女はため息まじりにいった。

「ああ、そうねえ。いろいろとあったけれど」

「ほんとにそうっすよね。前の女、いったい何なんすか？　ふざけすぎてますよ。赤ん坊をほったらかしにして男のところに行くなんて。そんなことをするなら子どもなんか産むなっていいたいっす」

サリさんは自分の言葉にうなずきながら怒っていた。

「外国はそうじゃないかもしれないけど、日本はどうしても血縁がどうのこうのってうるさいから。面倒くさいこともあるわよね」

「そうなんすよ。うちは子どもができないんで、養子縁組も考えたんすけど、いろいろと大変で。それはそうっすよね、子どもの一生を預からなくちゃならないから。おまけにあたしがこんなふうなんで、『こいつにまかせられるのか』って疑われちゃうみたいっす」

と彼女は笑った。そうかもしれないですねともいえないので、キョウコも苦笑していると、

「ここなんすけどね、いちばん大切なのは」

そういいながら彼女は、右手の拳《こぶし》で自分の左胸を叩《たた》いた。

「本当にそう。でもいろいろな制約があって、理解されないことも多いわよね」

「まったくっす」

キョウコがちらりと横を見ると、コナツさんの上司の男性は、きっちりと前を向いたまま、静かにビールを飲んでいた。声をかけようかなと思ったとたん、右から、

「おかわり飲まれます？　あたしも追加するので一緒に頼みましょうか？」

とサリさんが身を乗りだした。一瞬、

「あっ」

という表情になった彼は、にっこり笑って、

「アルコールはあまり得意じゃないので。ありがとうございます」

と小さく頭を下げた。彼女も、

「そうっすか、わかりました」

とにっこり笑い、キョウコにも尋ねた後、自分の分をお替わりした。そして、

「たくさん飲むとたくさん出ますねえ」

といい残して、トイレに立った。子どもみたいな人で、キョウコは彼女が愛らしすぎて笑いそうになった。

「あの方、どういう方なのですか」

上司の男性が小声で聞いてきた。サリさんから聞いた話を伝えると、

「ああ、なるほど。外国を放浪していたって聞いていましたけど、そのときのお知り合いなのですね」

とうなずいていた。

「コナツさんの日々のお仕事ぶりはいかがですか」

会話がぶつ切りにならないように、彼に聞いてみた。

「よく働いてくれますよ。お客様への応対もいいし、知識もあるし。正直、最初は大丈夫かなって、ちょっと心配だったのですが、だんだん本人も売り場の担当を自覚して、お客さんに何を聞かれてもいいように、製品の違いも説明できるようにしていましたね。仕事に熱心で助かっています。お恥ずかしい話ですけれど、店員のなかには、売れても売れなくても決められた時間の間、そこにいればいい、売り上げなんかどうでもいいっていう態度の人間もいるのですが、彼女は売り場のプロになろうとしてくれていましたから」

「そうですか。それは立派ですね」

「そうなんです。模範的な社員です」

彼はうれしそうに、少しだけ残っていた最後のビールを飲み干した。

「ほらね。あたし、やるときはやるんですよ」

コナツさんが身を乗り出すと、タカダさんが、

「また、やめなさいよ。本当にこんな奴ですみません。ご迷惑をおかけします」

と申し訳なさそうに頭を下げた。ヨシヒロくんは、にこにこ笑いながら、ジュースのコップを握りしめている。

「いい匂いがしていましたよ」

トイレから戻ったサリさんが、厨房のほうを見ながらキョウコにささやいた。

「これからお料理ですものね」

「ねーっ、楽しみっすねーっ」

サリさんは椅子《いす》の上でリズミカルに体を揺すりながら、厨房に続くドアを見つめていた。

その直後、ドアが開いてママさんが大きなトレイにお皿を何枚も並べて、運んできた。

「ごめんなさいね。立派なレストランだったら、ちゃんとお給仕の人がいるんだけど、全部、私がやらせていただきますね」

彼女の言葉に、みんな申し合わせたように、

「はあい」

と幼稚園児のように、返事をしたのが、キョウコには面白かった。ぐるりと花が浮き彫

りになった白い大きめのお皿に、レバーパテ、きのこのマリネ、サーモンカルパッチョ、ベビーリーフとトマトとゆで卵のサラダ、小さなコロッケ、タマネギのソテーが並べられていた。どの国の料理といえない、大きな洋食という括《くく》りなのがうれしい。

「きれいーっ」

サリさんは手を叩いて喜んでいた。隣の上司は、

「こういうきれいに並んでいるものを見ると、ものすごく緊張するんですよ。ふだんは牛《ぎゅう》丼《どん》ばかり食べているもので」

と笑った。するとそれが耳に入ったのか、ママさんがすかさず、

「お箸、お持ちしましょうか」

と声をかけてくれたので、

「お願いします」

とうれしそうに返事をした。ママさんはお皿をサーブしながらも、他のお客さんの様子をうかがっていて、すごいなと感心した。これがプロというものなのだろう。

キョウコの横ではサリさんが器用にナイフとフォークを操りながら、

「んー、おいしい。最高！　ね、おいしいっすよね」

とキョウコに向かって笑った。マリネなども酸味が強かったり、甘みが残ったりすることもなく、すべてがちょうどいい味付けだった。上司も何度もうなずきながら箸を進めていた。ヨシヒロくんは子ども用の椅子に座り、コナツさんからお皿に料理を取り分けてもらい、おいしそうに食べていた。まさかコナツさんにこんな日が来るとは、と、二人の姿を見ながら、キョウコの胸には迫るものがあった。

「本当においしいっすよ、これ」

サリさんは、コロッケの半分をフォークで示しながらいった。

「あら、そう？　全部、おいしそうよね」

まだサラダ段階で、コロッケまで到達していなかったキョウコがそういうと、サリさんは、あっという顔をしてテーブルを見渡し、

「やだ、あたしだけがっついて食べてるみたい。まだみんな食べ終わってないわ」

と小声でいった。いつの間にか、彼女の目の前にはワイングラスも並んでいる。

「いいじゃないですか。食べるのが早い人も遅い人もいるんだから」

キョウコが笑いつつフォローすると、

「それはそうっすけど。こういう場ではちょっとまずいっすよね。ちょっとペースダウンしよ」

そういいながらも、彼女のお皿に残っているのは、小さなコロッケの半分だけだった。キョウコが、それだけ残しておくのかと思いながら、コロッケをじーっと眺め、そしてサリさんのほうを見ると、目が合ってしまった。するとサリさんは「うふふ」と笑いながら、ぱくっと残ったコロッケを口に入れた。お皿はきれいに空になった。

「エンジンかかってきたあ」

彼女は肩を上下させて小さな声でいった。

キョウコが笑いを堪《こら》えながら食べていると、彼女は心から感心した顔で、

「上品に食べるんっすねえ。あたし、そんなふうに食べられないんすよ、がっつくばかりで」

といった。キョウコは口に入っていたパテを思わず口から噴射しそうになった。

「そんなことないわよ。ふつうに食べているだけですよ」

「ううん、違う。ま、住んでいる世界が違うからしょうがないのかな。少なくともあたしの回りには、そんなにきれいに食べられる人はいないっ」

彼女は真顔できっぱりといいきった。キョウコは口の中のものを噴射しないように、ゆっくりと飲み込んだ後、

「会社に入ったときに、テーブルマナーみたいな講座があったの。そのせいじゃないかしら。でももう三十年以上前の話だし、ふだんはナイフやフォークなんて使わないもの」

「やっぱり教わっているんすね。あたしなんかまともに学校すら行ってなかったからなあ。こういうときにボロがでるのかな」

「そんなことないわよ。サリさんはとてもきれいに食べていたじゃないの。全然、マナー違反なんかしてないわよ。何よりも楽しそうに食事をしているのが、いちばんいいわ」

「えっ、そうっすか？」

キョウコが深くうなずくと、彼女は照れくさそうに笑い、

「ありがとう」

と小さく頭を下げた。それを見てキョウコは、自分は人に対して、口では「ありがと

う」ということはあるけれど、あんなに愛らしく頭を下げることなんてあっただろうかと思った。自分の年齢を考えると、愛らしくというのは難しいが、素直に感謝の気持ちを表せるのは素敵だった。外国人は日本人がいいにくい感謝の言葉も口に出せたり、態度で表現したりできるから、海外を巡り、パートナーが外国人のサリさんは、そんな外国人のいいところも吸収しているのだろう。

次は野菜ときのこのコンソメスープと手作りのパン。ロールパンやナッツ入りのパン、全粒粉のパンが小さな竹カゴに入れられて、目の前に置かれた。ほっとする味わいのスープとパンで、

(実はこれだけでいいかも)

と満足していると、その次に運ばれてきたのは、金目鯛《きんめだい》の蒸し物だった。特に凝った味付けはなく、ネギと生姜《しょうが》が上に乗っているだけなのに、とてもおいしい。これは日本料理？　中華料理？　シンプルすぎるから、明らかに日本料理なのではと考えつつ、おいしいから何でもいいわと思いながら魚自体のおいしさに満足していると、右隣からは、

「うーん、最高」

という声が聞こえてきた。ちらりと左隣を見ると、上司の箸は前菜のときよりも進んでいた。キョウコが思わず、

「ああ、蒸し汁ごと御飯にのせて食べたいっ」

と小声でいうと、両隣から、

「そうそう!」

と同時に声が上がった。そして右隣と左隣は、キョウコをはさんで、

「絶対にそうですよね」

とうなずき合っていた。ドレッドヘアにオレンジ色の大きなフリルドレスという姿に、気圧《けお》されていたような上司も、それからはにこやかに彼女に声をかけるようになっていて、料理によって二人の仲が縮まっていった。

お皿にマッシュポテトとクレソンとニンジンのグラッセだけがのせられて運ばれてきた。メインは牛、豚、鶏肉《とり》の焼いたのがどーんと出てきて、「お好きなものを好きなだけお取りください」方式になっていた。

「ごめんなさいね、手抜きをしちゃってね」

ママさんが謝ったので、みんな同時に、

「いえいえ」

と首を横に振った。ソースも各種並べられていて、それぞれが好き勝手に肉と一緒に皿に取っていた。キョウコは三種類の肉を少しずつ、何もつけないでそのまま食べてみた。肉自体の味がして、とてもおいしい。

「おいしい肉っすね、これ」

サリさんは目を丸くして、何度もうなずきながら食べている。それにしてもフォークとナイフの使い方がとても上手で、見とれてしまった。味変としてマスタードをちょっとつけただけで、キョウコは肉を食べ終えた。付け合わせのマッシュポテトもニンジンのグラッセも、とてもおいしい。左隣を見ると、彼の皿の上にクレソンが残されていた。

(きっとお坊ちゃんは子どもの頃から、好き嫌いが激しかったのね)

眺めていると、サリさんが、

「クレソン、食べないんすか」

と彼に聞いた。

「ああ、苦手なので」

「それだったらあたし、食べますからくれませんか」

「えっ、ええ」

彼が驚いているすきに、キョウコは、

「お預かりします」

といって皿を持ち、サリさんの前に差し出した。

「ありがとうございまーす」

彼女はフォークで自分のお皿に取った。

「失礼しました」

キョウコが空になったお皿を、彼の目の前に置くと、

「あ、ああ、どうも……すみません……」

と彼は体を縮めてなぜか謝った。

「クレソンが大好きなんで、ごめんなさい」

サリさんが彼に声をかけると、

「ああ、そうなんですね」

と彼は小さく笑った。作り笑いではなかった。あとはデザートだなと待っていると、

「ジャジャジャジャーン、ジャジャジャジャーン」

と結婚行進曲を歌いながら、マスターらしき男性が、愛らしいウエディングケーキを捧げ持って登場した。

「本日はおめでとうございます。また私どもの店で、このような御祝の会をもうけていただき、本当にありがとうございました。ご家族のこれからのお幸せと発展をお祈りいたします」

マスターはタカダさんたちの前にケーキを置いた。二段重ねの愛らしいケーキの上には、

「ご結婚おめでとうございます」

と書いてある、チョコレートプレートと、小さなドラえもんとアンパンマンがのっていた。それを見たヨシヒロくんは、目を輝かせて、それを取ろうとして、コナツさんに、

「あとであげるからね」

となだめられていた。タカダさんがちょっと体を揺すって立ち上がり、姿勢を正した。

「特に余興も何もない会ですが、おいしいお料理でご満足いただけたのではないかと思っております」

そういったところで、サリさんが、

「大満足しましたあ」

と手を挙げた。それにつられるように、キョウコも上司も、

「はあい」

と手を挙げた。

「あ、そうですか、ありがとうございます。それはよかったです」

突然の合いの手にびっくりしながらも、彼は、

「これからデザートになりますので、どうぞ最後までお楽しみください」

と頭を下げた。

「はあい」

サリさんが元気よく返事をしたので、マスターもママさんも笑っていた。ウエディングケーキのお裾分けの他にも、カスタードプリン、バニラとモカアイスクリーム、フルーツ

タルトなど、すべて手作りのスイーツが、東欧の愛らしい柄のお皿にのせられて、一人一人の前に置かれた。それとは別に、「ご自由にどうぞ」方式の、マカロンやゼリーも、テーブルの中央に置かれた。キョウコは紅茶、両隣はコーヒーを注文し、上司は砂糖もミルクも入れて、甘くして飲んでいたようだった。

「うーん、もう最高」

サリさんは肉付きのいい両足をばたばたさせながら、身をよじっていた。上司もデザートをおいしそうに食べている。ふだん粗食のキョウコにとっては、何年かに一度の豪華な食事で、

(やっぱりおいしい食事は幸せな気持ちになれていいいな)

と思った。

すべての食事が終わって、またタカダさんから感動的な挨拶があるかと思っていたが、

「今日はありがとうございました」

というタカダさんとコナツさん、そして、

「あいっ、こんにちは」

と最後に大声で挨拶をしたヨシヒロくんの言葉で会はお開きになった。それもまた二人らしくてよかった。店を出る前に、マスターとママさんとスタッフの方々に御礼をいい、お店の外で並んで見送ってくれている、タカダさんとコナツさんにも、招いてもらった御礼をいっていると、後ろからサリさんが出てきた。

「今日はありがとうございました。とっても楽しかったっすぅ」

サリさんは別れ際に丁寧に頭を下げた。

「こちらこそ。コナツさんにこんなにいいお友だちがいるのが、とってもうれしかったわ」

キョウコが素直に気持ちを伝えると、彼女は、

「ええーっ」

と驚き、

「そんなことをいってもらうのなんて、はじめてっす」

とバッグからハンカチを取り出してぎゅっと握りしめ、涙声になった。

「えっ、どうして」

今度はキョウコが驚いた。

「あたし、学生の頃から、ずっとこんな風だったから、友だちのお母さんから、『あんな子と付き合ったらだめ』って、何度もいわれてきたんっす。だから……」

ぐずぐずと鼻を鳴らしながら、彼女はしっかりと塗ったマスカラが落ちないように、上手に涙をぬぐい、鼻の回りをこすっていた。

「あなたはとても素敵な人だもの。これからもコナツさんをよろしくね」

「わかりました。ありがとうございました」

彼女は最敬礼のお辞儀をした後、

「またお目にかかれたらうれしいっす」

といい残して、何度も振り返って手を振りながら、地下鉄の駅に向かって歩いていった。左隣の上司はヨシヒロくんを抱っこして、まだコナツさんたちと話していた。キョウコは自分は何の関係もないのに、肩の荷が下りたような気持ちになって、最寄《もよ》りの駅まで歩いていった。リサイクルショップで買った靴は、まるで誂《あつら》えたように足にぴったりして、いくら歩いてもどこも痛くならなかった。

自分の今の格好と、れんげ荘とはなじまないなあと思いつつ、帰る場所はここしかないので、部屋の戸を開けた。古い部屋でもそこに花があると、グレードが上がる気がする。その日、珍しく改まった席に出たキョウコを迎えてくれたのは、濃いピンク色の芍薬《しゃくやく》だった。一本から三つの花が咲いて、なかなかゴージャスな雰囲気を醸し出していた。

「はあ」

いくら体には負担にならない洋服や靴であっても、着慣れないものを脱いで、いつもの姿に戻るとほっとした。

「こういうところがいけないのよね。楽に流れると、どこまでも手抜きになっちゃう」

自分自身にいい含めるように声に出しながら、義姉からもらったワンピースをハンガーに掛けた。コナツさんが自分を見たときの、びっくりした顔と、

「どうしたんですか?」

といった言葉を思い出して、また笑ってしまった。

「本当に『どうしたんですか』よね」

これから先、この服やバッグと靴を身に着ける日が来るのだろうかと考えたが、そうい

えばまだ甥《おい》や姪《めい》は独身だし、その可能性もないわけではないなと、どこにクリーニング店があったかを思い出そうとしたが、すぐには思い浮かばなかった。

しばらくだらーっとした後、義姉に電話をした。

「どうだった？　大丈夫だった？」

「おかげさまで、思い切り食べられました。ふだんと全然、違う格好なので、新婦からは『どうしたんですか？』なんていわれちゃって」

「あら。まあ、それだけ素敵だったっていうことなんじゃないの」

「お義姉さんのおかげです。ありがとうございました」

「いえいえ、もらっていただいて、こちらも助かったわ……」

話をしている義姉の背後から、

「にゃあああああ」

という声が聞こえてきた。それがだんだん大きくなってくる。

「あ、トラコさんがきちゃった。このヒト、電話をしていると気になるらしくて、必ずやってきて鳴くのよね。あ、こら」

義姉の声は途切れ、何やら一生懸命な、

「にゃああああ」

という鳴き声と、その合間にぐふぐふという鼻息が聞こえてきた。義姉の、

「お話し中なのよ、ほら、ほら、離れてちょうだい。トラコさん、わかってる?」

という声が「にゃあああ」にかき消されていた。

「トラコさん、こんにちは。誰だかわかる?」

キョウコが話しかけてみると、トラコさんがふっと黙ったのがわかった。そしてしばらくすると、小さく、

「にゃ」

と鳴いた。

「パパさんの妹のおばちゃんですよ。この間、会ったわね」

優しく話しかけると、またトラコさんは、

「うにゃ」

と小声で鳴いて、あとは鼻息になった。こちらが何を話すのかを聞いている気配があっ

た。

「あらー、ちゃんとお話ししてるわ」

鼻息の向こう側から、義姉の声も聞こえる。「パパさんとママさんのいうことをよく聞いて、いい子にしていないとだめですよ。チャコちゃんにもグウちゃんにも、そういっておいてね」

子どもにいうように、ゆっくりと話しかけると、トラコさんは、

「にゃあ」

と元気よく鳴いた。そして、

「うにゃうにゃ」

と二言三言鳴いた後は、声がしなくなった。

「キョウコさんと話せて満足したみたい。今、床の上にどでっと横になって、こっちを見てるわ。きっと『また来てね』なんて、いったのよ」

「それだったらいいけど。もう来るななんていわれてたりして」

「それはないわよ。不思議なんだけど、セールスの電話がかかってくると、私と固定電話

の間にむりやり入ってきて、ものすごくうるさい声で、わあわあ鳴き続けるのよ。それで相手が困って切っちゃうから、こっちは助かるんだけど」

「ネコの不思議パワーで、何かを感じ取っているんでしょうね」

「そうなの。近所に噂《うわさ》好《ず》きの面倒くさい奥さんがいるんだけど、その人からの電話のときも、私の顔の横に来て、ものすごくいやそうな顔でわあわあ鳴くから、笑いそうになっちゃうの。本当に賢いわ」

義姉としては、結局は「うちのネコはお利口さん」が、結論になるのだった。もらったワンピースを、今後、着る機会があるかどうかを聞こうかと、一瞬、考えたが、兄夫婦にとっては大きなお世話だろうと聞くのはやめにしておいた。

義姉に結婚のお披露目会の話をすると、

「そういうのっていいわねえ。私も来世はそういうふうにしよう」

といった。

「お義姉さん、来世って……」

キョウコは噴き出した。

「だって今世は無理だもの。来世に期待するしかないじゃない」

「それはそうだけど……。じゃあ、来世も兄と結婚してくれるんですね」

笑いを堪えながら聞くと、彼女は声を潜めて、

「するわけないじゃない」

といいきったので、キョウコはまた噴き出した。

「そうですか。妹としては複雑だけど」

「キョウコさんはいいのよ。来世も姉妹とか、お友だちになれたらいいわね。パパもいい人だから、お友だちならいいけど、結婚はもういいかな」

「来世のパートナーが楽しみですね」

「特に人間のパートナーはいなくてもいいな。イヌやネコをたくさん飼って、緑の多いところで、楽しく暮らせればそれでいいわ」

義姉がとても明るい声でいうので、ついそうなればいいなと思ってしまう。

「兄はどうしてますか?」

「今、庭木を切ってるから聞こえないわよ。グウちゃんが監視役で、後ろに座ってずーっ

と見てるの。それを部屋の中からトラコさんとチャコちゃんが見てるわ」

「結構、今世でも幸せじゃないですか」

キョウコは笑った。

「本当ね、失礼しました」

義姉が笑ったのと同時に、彼女の背後から、

「にゃあん」

とトラコさんのかわいい声が聞こえた。

6

コナツさんの結婚披露会からしばらくして、何点かの画像が送られてきた。まず、自分の食事の仕方が、ばばくさくなっていることに驚き、あらためて大輪のオレンジ色の花が

咲いたような、隣のサリさんの華やかさを思い出した。上司は黙々と皿の上の前菜と格闘しているようだった。キョウコは自分はこんなふうに笑うのだと、久しぶりにわかった。

コナツさんの仕事が終わり、晩御飯も終わった頃を見計らって御礼の電話をかけると、タカダさんとヨシヒロくんの声が、彼女の背後から聞こえてきた。

「この間はとても楽しかったわ。それと画像、どうもありがとう」

「声をかけたらみんな緊張するから、こそっと撮ったのも送っちゃいました」

「何だか自分がばばくさくて、びっくりしちゃったわ」

「えっ、そうですか？」

「いやあ、ああいうところに年齢が出るんだなって、よくわかったわ」

「隣にサリがいたからじゃないですか。あいつ化け物に近いですから」

「そんなことないわよ。とっても素敵な人で、コナツさんにいいお友だちがいてよかったなって思ったもの」

「あはは、ありがとうございます。サリもササガワさんを、『とっても素敵で優しい人だった』っていってました。あんな奴《やつ》なんで、日本では誤解されるんですけどね」

「うん、最初、目を合わせないようにして、上司が引いてた」

「あははは。お坊ちゃんで純粋培養で育ってきた人なんで、サリなんか見たらびっくりしますよ。スーパーの創業者の親戚《しんせき》らしくて、コネ入社なんですけどね。悪い人じゃないですよ」

「全然、悪い人じゃなかった。コナツさんのことを褒めていたし」

「そうですね。優しい言葉はかけてもらってます」

「それって大事よね。やる気が出たり、なくなったりするもの」

「そうなんですよ。今までバイトしたところは、文句ばかりいわれていたんで。それでいやになっちゃったりしたから」

「よかったわ、いい職場に巡りあって」

「えー、それでなんですけど、あたし、正社員になっちゃいました」

「本当？　よかったわねえ」

「その上司が本部の上の人、っていっても、この人も親戚なんですけど、その人に正社員になれるように話してくれたみたいで」

「離したくなかったのね、会社としては」

「どうなんでしょうね。パートの女性が一人やめるので、それもカバーしなくちゃいけないんですけど、これからは手当も出るし、ボーナスももらえるので」

「保障があるのはいいわよね」

「そうですね、今まで考えたこと、なかったですけど」

「子どもがいるんだもの。それは大事よ」

「そうですよね。親として責任があるし」

そして家を買うことにしたという。

「すごいじゃない。二人でがんばったのね」

「新築は買えないから、中古で築年数は古いんですけどね。まあ、住めないことはないし、小さいけど庭はあるし、少しずつリフォームしながら住もうと思ってます」

最寄り駅からバスに乗って二十分以上かかるのだけれど、車もチャリもあるから、何とか会社にもスーパーにも通えるんじゃないかという。キョウコはこれからローンを抱えるのも大変だなと考えていると、まるで心の中を見透かしたように、

「お金も、うちのお義父《とう》さんとタカダくんのお父さんが援助してくれることになって」

と教えてくれた。

「それはよかった。タカダさんのお父さんも？」

「そうなんですよ。あれだけすべて拒否していたのに、正式に結婚したのが本当だったのと、ヨシヒロくんがいたのが大きかったんじゃないのかな。『お前のためじゃない。ヨシヒロの将来のためだ』っていったらしいです」

「孫は無視できないものね。コナツさんのご両親もほっとしているんじゃないの」

「特にお義父さんが喜んじゃって。お祭り状態なんです。母もほっとしたとはいってました」

「そうなの。すべてがうまくいってよかったわね」

「その反動がいつかくるだろうって、覚悟をしてますけどね」

「これまで苦労してきたから、現在があるんじゃないの？　ヨシヒロくんもこれから大きくなるし。楽しみね」

「まあ、何とかやっていきます」

「たまには食事もしましょうね。本当にありがとう」

「こちらこそ、ありがとうございました。じゃあ、また」

若いときは、このまま一生、定職にも就かずに、一生、海外をふらふらしていてもいいと思っても、やはり人生には、そういかない問題が出てくる。コナツさんはよくあの状況から、今に至ったなあとキョウコは感慨深かった。スーパーマーケットにアルバイトに行かなければ、タカダさんとも出会わなかったし、まじめに働いていたから会社にも認められた。若い人の、自分とは相容《あいい》れない、彼らの一部の行動を見て、あれやこれやと批判しすぎるのも、問題だと反省した。彼らはこれから成長する可能性がたくさんあるのだ。

これ以上の素晴らしい青い空はないという、洗濯日和の日に、物干し場で洗濯物を干していると、

「おはようございます」

とチユキさんが窓から顔をのぞかせた。いつも、すっぴんでもきれいだなと感心しながら、

「おはようございます。今日はいい天気ね」

と声をかけた。クマガイさんは、早朝からお出かけしたようだった。

「また着衣モデルの仕事が入ったので、このところ洗濯ができなかったんです。これからやらなくちゃ」

チユキさんが頭を掻《か》きながらいった。

「もう、着衣っていわなくても、大丈夫だから」

キョウコが笑うと彼女も、

「しつこいですね、うふふ」

と笑った。何年も使い続けていて、まるでガーゼのように柔らかくなってしまったタオルを干しながら、

「山の方々はお元気？」

と聞いた。

「はい、おかげさまで、というか、また家族が増えちゃって……」

「えっ？　そうなの？」

「私も昨日の晩、知ったんですよ」

彼女の声が大きくなった。話によると、パートナーがえんちゃんを連れて、いつもと違うルートで散歩に行くと、えんちゃんが草むらの前で立ち止まり、何かに興味を示したという。どうしたのかと分け入ってみると、段ボール箱のなかに、水とドッグフードと、しょんぼりした子イヌが入っていたというのである。

「えーっ、ひどい」

思わずキョウコが叫ぶと、チユキさんも、

「私も腹が立ってきて、『誰だそんなことした奴は。ここに連れてこーい』って叫んじゃいました」

と顔をしかめた。びっくりしたパートナーが、怯《おび》えさせないように、優しく声をかけながら子イヌを撫でてやると小さな尻尾《しっぽ》を振りながら、指を舐《な》めてきた。箱を抱えて急いで家に戻ったのだが、その間、えんちゃんも、まるで、

「ちゃんと段ボール、持ってるよね」

と確認しているかのように、何度も彼を振り返りながら小走りになっていたという。すぐに車で獣医さんのところに連れていき、診てもらうと、あと半日発見が遅れたら、あぶ

なかったかもといわれた。

「ああ、よかった」

思わずキョウコがつぶやくと、

「そうなんですよ。もしそんなことになってたら、本当にかわいそうで……」

チユキさんは目を潤ませていた。獣医さんに処置をしてもらい、「この子は男の子ですが、これから里親さんを見つけますか」と聞かれたのだけれど、これも何かの縁だろうと、

「うちで飼います」

と連れて帰ってきたというのだった。

「運のいい子ねえ」

「ふだんは行かない場所らしいので、その子に呼ばれたんでしょうか。子イヌの体調が心配だから、できればゆっくり休ませたほうがいいと思ったらしいんですけど、えんちゃんがいるせいか、ものすごく活発になったそうなんです。獣医さんに状況を話したら、フードをたくさん食べて水を飲んで、お通じも順調なら大丈夫っていわれたようです」

キョウコには「よかった」という言葉しかなかった。

「ご近所の方々は、そういうことはしないはずなので、きっとよそから来て、捨てていったんだと思うんですよ」

「そうよね、えんちゃんも、ご近所さんからのいただきものなんですものね」

「そうそう、何の前ぶれもなく、いただいたというか、押しつけられちゃった……」

チユキさんは笑っていた。

「あ、今、お見せします」

彼女がサンダルを半分つっかけながら、走って物干し場にやってきた。

「この子です」

スマホの中にいたのは、茶色くて口の周りと尻尾の先がちょっと黒い、ころころとした雑種だった。

「かわいいわねえ、えんちゃんとちょっと似てる？」

「そうですね、でもえんちゃんは大きくなるにつれて、ちょっと黒っぽい毛も出てきたんですよ。でも顔立ちは似ているかも」

「元気そうでよかった」

「きっと生命力が強かったんでしょうね」

次の画像は、スフィンクス座りをしているえんちゃんの前足の上で、ころりと横になっている子イヌの姿だった。

「あら、えんちゃん、お兄ちゃん顔してる」

キョウコが笑うと、

「もう興奮しちゃって大変みたいです。ぴょんぴょん跳ねて相手をしたり、いろいろ面倒みたり。子イヌもうれしいみたいで、もう二匹でもつれあって、大騒ぎだそうです」

「名前は何ていうの」

「くうちゃんです」

「くうちゃん、あら、かわいい名前。あら？　兄弟が揃うと……」

「そうなんです。そんなに簡単に偉い人の名前をつけていいのかと思ったんですけど、彼は、『分けたからいいんじゃないの』なんていってました」

「円空《えんくう》さんも、捨てられた子イヌちゃんを助けたことで、喜んでくださっているでしょう。でも二匹揃って叱《しか》るときは、ちょっといいにくそうだけど」

チユキさんは顔の前で手を振りながら、

「彼は絶対に怒らないですよ。私がえんちゃんを叱ると、『ひどいねえ』とかいって、さっとそばに寄っていって、えんちゃんの体を撫でながら私を悪者にするんですから。えんちゃんも私に怒られそうになると、たたーって彼のところに走っていくし。自分だけ点数を稼いでずるいんですよ」

と苦笑した。

「にぎやかになっていいんじゃない。えんちゃんも弟ができてうれしいだろうし」

「前は自分の心を静かに見つめるとかいっていましたけど、もうイヌの僕《しもべ》ですね。彼は」

「それでもいいわよ」

「そうですよね。私も明日から山に行こうと思っているんですけど、おもちゃの補充を頼まれちゃったので、買っていかなくちゃいけないんです」

「あら、いいわね。ここよりは少しは涼しいでしょうし。またえんちゃんたちの画像を見せて」

「はい、わかりました」

チユキさんは部屋に入っていった。キョウコが洗濯物を干し終わって部屋に戻ると、シャワー室から、彼女が洗濯をしている水の音が聞こえてきた。寒いときは辛かったけれど、手で洗濯物を洗うのにも、水に手を浸すのが気持ちがいい季節になってきた。気温も高めで湿気もなく、洗濯物も太陽のおかげで、すぐにパリッと乾いてくれる。そしてしばらくすると、青い空の下、物干し場から鼻歌が聞こえてきた。

クマガイさんにはお仕事が、チユキさんには山があるので、外出する用事があるけれど、キョウコには特にないので、外出した人からの話を聞くのが楽しみだった。

「これって、まるで老婦人みたい」

足の具合が悪くなって外出ができなくなった外国の老婦人は、訪れた孫たちからの、外の話がとても楽しみだといっていた。どの本だったか忘れてしまったし、漫画だとしたら母の目を盗んで読んだなかにあった話なのかもしれない。そしてもしかしたら、そんな話など、現実にはなかったのかもしれない。

最近、記憶にある事柄が、現実に読んだ本のなかでの出来事なのか、子どもの頃に夢で見た話なのかが、よくわからなくなってきた。現実に起きていないことだけはまだわかるが、その点がはっきりしなくなってきた。きっとこれから歳を重ねると、現実に起きていないのに、起きたこととごっちゃになってしまうのだろう。

「とにかく、私は人の話を聞くだけです」

そういいながら次はどんな話が聞けるかが、とても楽しみだった。

そういえばラジオを聴いているのも、知らない人の経験談を聞いていることになるなあと思っていたら、山に行ったチユキさんから、画像が送られてきた。自分の老朽化したガラケーでは、画像を見るのが精一杯なので、動画は帰ってきてから見せてもらうことにした。そこには大きくなったえんちゃんと、茶色いむくっとした毛玉のようなくうちゃんがいた。レンズのほうを振り返り、

「えへっ」

という顔をしている。そしてえんちゃんのお尻《しり》にとびつくくうちゃん、畳の部屋を走り去るえんちゃん、その後を追いかけるくうちゃん、廊下で転がっているくうちゃんの顔に、優しい顔で鼻先を近づけるえんちゃん、といったほのぼのの画像が何枚も届いた。

(これからしばらくは、大騒ぎが続くんだろうな)

とキョウコは笑った。

折り返し、御礼のメールを送ると、

「もう想像していたよりも、ずっと大変なんです。あまりのくうちゃんの元気のよさに、全員やられています」

と返事がきた。命を助けてもらった子が、そんなに元気になるなんて、とても喜ばしいことだと、キョウコはまた返信した。そしてチユキさんからは、新しく買ってもらったのか、得意そうにおもちゃを咥《くわ》えている、尻尾をぴんと立てたくうちゃんの画像が送られてきた。

「本当に元気になってよかったね」

画像に向かって声をかけた。くうちゃんも、ここが安心できるところと認識したのだろう。山もどんどん賑《にぎ》やかになっているらしい。

三日後、お土産《みやげ》の桃を持って、チユキさんが戻ってきた。

「本当はもっと長くいたかったんじゃないの？」

キョウコが手渡された、桃のいい香りをかぎながらたずねると、彼女は、

「そうですね、やっぱり子イヌのかわいさっていうのは、どうしようもないですからね」

といいつつ、

「でも、すっごく大変なんです」

と力を込めていった。話によると、とにかく元気いっぱいで、御飯もよく食べるし、信じられないくらいにころころと家の中を走り回る。いままで人間だけと一緒にいたえんちゃんは、かわいい弟がやってきてテンションが爆上がりして、前にも増して家の中を走り回っているという。

「ですから、二人して、ずーっと家の中を走り回っているような状態なんですよ」

走り回ってお腹《なか》がすいたと催促され、お腹がいっぱいになると、ちょっとは眠るものの、片方が目を覚ますと、もう片方にちょっかいを出す。そうなると団子状態になってくんずほぐれつになり、そして溜《た》まったエネルギーを放出するかのように、室内を走り回る。それも何周も飽きずに繰り返す。そのうちくうちゃんが電池切れして、こてっと横になって寝てしまうと、えんちゃんが戻ってきて、じーっとくうちゃんを眺め、寝ちゃったのかという顔をする。

「えんちゃんも寝ないとくたびれるよ」

チユキさんのパートナーが声をかけると、そばによってきて、彼が座っている膝の上で寝ようとする。そうなるとその日に予定していた作業ができなくなる。

「ここで寝てって、えんちゃんのベッドに移動してもらうことはできないの？」

「それが、くうちゃんが来てから、えんちゃんもかわいがってはいるんですけど、やたらと彼の体に密着したがるようになっちゃって。くうちゃんと追いかけっこをしていないときは、彼が座るとずっと膝《ひざ》の上にいるんです。だから畑の草抜きも、私一人でやってるんですよ。ご近所さんからは『奥さん、がんばってるね』なんて褒めてもらってますけど、もう大変です」

そういえば心なしか日焼けしたような気がする。

「そして何時間か寝たら、目を覚ますでしょう。そうなると最初に戻るっていう感じで、エンドレスなんです」

朝も兄弟は自分たちが目が覚めると、彼の布団の上に乗って、二匹で体を踏みつけて起こすのだそうだ。

「お兄ちゃんがやることを、全部、弟が真似《まね》をするんですよ。小さいからまだ三割くらいのパワーですけど、すぐに同じかそれ以上になるでしょう。すでに部屋の襖《ふすま》は破かれて、あばらや状態になってます。みっともないから押し入れの襖を開けっ放しにしていたら、中にもぐりこんで、いろいろなものを引っぱり出して散らかすし……」

チユキさんはいつも山の家にいるわけではないので、やや彼らは遠慮しているけれど、お世話をしてもらっているパートナーに対しては、やりたい放題だという。

「叱らないからなめられてるんですよ。私がそのかわりに、『そんなことをしたらだめ』っていうと、さささーっと潮が引くようにいなくなって、どうしているのかなと思って探したら、彼の両側にぴったりくっついて、かわいい表情で彼の顔を見上げて甘えてるんです。『きみたち、作り笑顔だな』っていったら、私のことなんか完全に無視して、知らんぷりするんですよ。まったく」

彼女は苦笑していた。それでも兄弟はチユキさんにも懐いていて、じゃれついてきたり、甘えてきたりもするそうだ。

「寝ているときとそういったときはかわいいんですけどねえ。元気いっぱいなのはありがたいんですけど、そんなに毎日、フルスロットルで飛ばさなくてもって思うんです」

「だってえんちゃんだって人間でいえば若者だし、くうちゃんだって、幼稚園児くらいじゃない？　それはじっとはしていられないわよね。もうちょっと大人になったら、おとなしくなるんじゃないかしら」

　キョウコが笑いながら慰めた。

「そうなんですよね。あっという間に大人になって、寿命って十五年くらいじゃないですか。それを考えると、『思いっきりやれ』とも思うんですけれどね。彼はもう兄弟を溺愛《できあい》しているので、『こんなかわいい子たちと別れなくちゃならないなんて、死ぬほど辛《つら》い』って、縁側で夕焼けを見ながら泣くんですよ。私だってそのときを考えたら悲しいですけど、まだ一歳とゼロ歳ですからねえ。おまけに仏教に興味を持って、仏像を彫ったり、修行しそうになったこともあったのに、そういう人が今からおたおたしているなんて、そんな死生観でいいんですかねえ」

　チユキさんは首を傾げていた。

「それだけ大切に思っているっていうことでしょう。優しい人なのよ」

「そうでしょうかね。私にはそれに類する言葉は、ひとこともいったことはないですけどね」

表情を変えずに淡々と彼女がいうので、キョウコはまた笑ってしまった。

「また明日から着衣……モデルなんです。美大の予備校から頼まれて」

「でもまたすぐ、兄弟に会いたくなっちゃうんじゃないの」

「かわいいんですけど、部屋が日々、荒れていくのを見るとねえ。本当にすごいんですよ。ちょっと襖の端が剝がれると、そこに食いついて紙を破るし、畳は一生懸命に掘るし……。えんちゃんがやることをくうちゃんが真似をして、それを見たえんちゃんの行動に拍車がかかるっていう、無限ループなんです」

あれこれ思い出したのか、チユキさんは、

「はあ」

と笑いながらため息をついた。

「元気なのはいいことだから」

「そうですね。そういうふうに考えるようにします。つまらない愚痴を聞いていただいて、ありがとうございました」

とチユキさんは小さく頭を下げて、部屋に戻っていった。自分にとっては豪勢なお土産をいただいて、キョウコは山の家の荒れた室内を想像しながら、幸せな気持ちになっていた。

チユキさんはこちらで仕事が入っていない日は、山に通っているようだった。愚痴をこぼしていても、あんなにかわいい子たちがそこにいるとわかっているのだから、会いたくないと思うほうがおかしいだろう。クマガイさんは日中、いないときが多かったけれど、久しぶりに物干し場で顔を合わせた。というか彼女がそこにいるのがわかったので、キョウコが出ていったのである。

「お久しぶりですね」

洗い終わった、昨日着ていた服と手ぬぐいが入ったカゴを抱えて声をかけた。

「ああ、お久しぶり。このところ忙しくて外に出ていたから」

クマガイさんは形はアッパッパだが、アフリカンプリントのかっこいいワンピースを着ている。

「クマガイさん、素敵」

「あらそう。これ、若い頃の彼氏が、アフリカ旅行のときに、この布をお土産に買ってきてくれて、それをずいぶん経《た》ってから縫ったのよね。ざざーっと簡単に」

「えっ、自分で作ったんですか」

「そうよ、こんなの二つに折った布の頭のところを切り取って、両端を腕が出る寸法まで縫って、裾を縫ったらできあがりだもの。大昔の貫頭衣《かんとうい》と同じよ」

「えーっ、そうなんですか」

キョウコは彼女の周りをぐるぐると巡りながら、じっと見つめた。

「きっと当時、日本円だと何十円かで買ったと思うのよ。でも四十年以上も持っているから、すごいわよね」

クマガイさんは笑った。そして、

「昔は親の服を直して着たり、下の子のためにお兄ちゃんやお姉ちゃんの服をリフォームしたりしていたものね。あなたは私よりも若いから知らないかもしれないけど」

といった。

「クラスに三姉妹の真ん中の子がいて、お姉さんの服を直してもらって着てました。妹までは服が持たないので、新しく買ってもらってるって、怒ってましたけど」

「そうそう、下の子は得なのよ」

既製服は買ってもらったけれど、母が手をかけて作ってくれた服は着たことがないので、キョウコにはよくわからなかった。クマガイさんは、干す前に何度も、白いシャツの皺をぴんぴんっと伸ばしながら、ハンガーに掛けた。

「ずいぶん前だけど、友だちがアパレルの会社をやっているっていったでしょう」

彼女が振り返った。

「はい、クマガイさんがアドバイザーをなさっているって」

「そうそう、その会社が潰《つぶ》れちゃってね。私、全然、大変だなんて教えてもらっていなかったのよ。調子がいいっていい続けていたけど、あっという間に急降下しちゃって」

「あらー」

「似たようなデザインの服を、よその会社に安く作られたっていってたけど……。本当はどうかわからないな」

「それだったらひどいですよね」

「でもハイブランドでも何でもないし。似たようなデザインの服なんて、世の中に山ほどあるでしょ。それで真似されたとかいっても、ねえ」

「まあ、それはそうですけど」

「見込みが甘かったんじゃないの。急に生活が派手になったりしてたもの。広いマンションに買い替えたりしてね。私に『あなたを住まわせられるくらいの部屋があるから、困ったらここに来たら』なんていっていたけど。結局はそこも手放すことになるんじゃないかな」

「あらー」

キョウコは「あらー」としかいいようがなかった。

「若い頃は欲も生きる原動力になるけど、いい歳をして欲まみれっていうのもね。それが実現できる能力がある人ならいいけど、自分を勘違いしているから、傍《はた》で見ていて恥ずかしいわ。私はその会社が潰れても、別に生活には問題がないからいいけど。社員を抱えているのに、その人たちが気の毒よね。商品が売れてるときに、何の見返りもなかったんだもの。一回でもいいから、ボーナスを奮発してあげたり、ご褒美をあげたりしてもいいじゃない。それをしないで儲《もう》けを全部、自分たちで抱えこんじゃったからねえ。ああいうのはよくないわね」

クマガイさんは呆れ、彼らは負債の返済のために知り合いに借金を申し込んだらしいが、さすがに私のところには何もいってこなかったと笑った。

「何もないと気楽でいいわね。そういう世の中のお金のすったもんだとは関係ないし。毎日、雨露がしのげて、御飯が食べられればそれでいいわ」

「本当にそうですよね」

「そんな私は、原価何十円のアフリカの人が作った赤と緑のアッパッパを着て、暮らしているわけですよ」

ワンピースをつまんで、ひらひらさせながら、クマガイさんはにっこりした。

「いろいろなものを背負っちゃうと大変そうです」

キョウコがいうと、彼女は首を横に振りながら、

「自ら進んで背負いたがる人がいるのよ。欲があるっていうか、性分なんでしょうけどね。

そういう人たちがいるからこそ、今の世の中が成り立っているんでしょうけど。私はもうそんなところからは降りてるし、もういいやっていう感じかな」

と隣家の木に飛んできた、アゲハ蝶《ちょう》に目をやった。

しばらくの沈黙の後、キョウコは、

「そうだ、コナツさんの結婚の披露会の画像があるんですよ」

とパンツのポケットに入れた携帯を開いて彼女に見せた。

「こんなかわいい坊やがいるの。コナツさんも落ち着いた大人の顔になったわね。あら、ずいぶんファンキーな方が……」

「サリさんっていう、コナツさんのお友だちなんです。とってもかわいくて素敵な人なんですよ」

「私、こういう感じの人に惹かれちゃうの。若い頃、私もそうだったけど、ディスコで遊んでいたのは、いわゆるまともなお嬢さんタイプはいなかったからね。大人からは敵視されて。でもおつむはよろしくないけど、みんないい奴ばかりだったのよ。こういう人が今もちゃんといるんだって安心するわ」

次に披露したのは、チユキさんのところの新入りくんの画像である。

「あらー、これまたちっこくてかわいい子が。子ネコもそうだけど、子イヌも見飽きることがないわよね。チユキさんも家族が増えて大変そうね」

「家の中が大荒れだそうです」

「そうでしょうね。まあ、犬小屋に人間がお邪魔しているっていう気持ちじゃないと、難しいでしょうね」

クマガイさんはさらりといって、また笑った。キョウコもなるほどと笑い返して、お互いに、

「どうもどうも」

と頭を下げて、キョウコは部屋に戻った。すぐにチユキさんにメールを送り、クマガイさんの言葉を教えた。

「ありがとうございました。人間はおイヌさまたちのお宅に、お邪魔させていただいているつもりで暮らすことにいたします」

メールには、畳のそこここがむしり取られ、襖がびりびりに破られた画像が添付されて

いた。

7

知り合いの会社が潰《つぶ》れ、仕事がなくなったせいなのかはわからないが、クマガイさんは部屋にいることが多くなっていた。のぞいているわけではなく、音がほぼ筒抜けなので、気配がわかるのである。それもキョウコがここに引っ越してきてから、もっと音が聞こえるようになったようだ。

この建物はもともと古かったが、年月を経るにつれて、当然、劣化していく。前にクマガイさんが、「自分が倒れるか、れんげ荘のほうが先か」というような話をしていたが、れんげ荘が「たおれ荘」ではなく倒れる日も近づいているような気がする。それでも古い木造ながら、がんばって建っているところが愛《いと》おしい。台風だったり大雨だったりすると

きは、隙間《すきま》からひゅうひゅうと風が吹き込み、雨も入ってくるけれど、

「私もがんばるから、きみもがんばれ」

といいたくなるのだ。

午前、キョウコが食料品の買い出しをしに駅の近くを歩いていると、れんげ荘を紹介してくれた不動産屋の娘さんが、店の前を掃除しているのを見かけた。

「こんにちは。お世話になっています」

キョウコが声をかけると、彼女は右手に箒《ほうき》、左手にちりとりを持ったまま、中腰の体勢で振り返った。

「ああ、ササガワさん、お久しぶりです。この間、お掃除をしようと思って、シャワー室をのぞいたら、とってもきれいになっていたから、悪いけどそのまま帰ってきちゃったのよ。ごめんなさい」

照れくさそうに笑った。

「いいえ、気をつけて掃除していますから。どうぞお気遣いなく」

「申し訳ないですねえ」

「いいえ、こちらでできることは、なるべくやりますから」

「そういっていただくとありがたいわ。みんながみんな、そういう方ばかりだといいのだけれど。高い家賃を払っていても、汚く部屋を使っている人ってたくさんいますから。どうせ自分のものじゃないからいいっていう考えなのかしらね」

キョウコが黙ってうなずいていると、

「あ、そうそう、れんげ荘のみなさまにお知らせすることがあったんだわ。近々、畳、替えます。申し訳ないんですけど、家具をちょっと移動させていただくようになるのですけれど」

と早口でいい、キョウコの、

「あら、申し訳ありません」

という返事も聞かず、娘さんは店内に入ってプリントを三枚持ってきた。

「古い建物だから、畳くらい新しくしないとね。他に直したいところがありますか……って聞いても、きっと全部よね」

「いえいえ、そんなことないですよ。みんなとても気に入っていますから」

「そう？　そういってもらえるとうれしいけど。大家さんが親戚《しんせき》の方に権利を移すことが確定したので、後日、書類をお渡しします」

「そうなると、私たち、出なくちゃならなくなりますか」

キョウコは胸がどきどきしてきた。

「ううん、それはないから大丈夫ですよ。前々から大家さんがその点は念を押してくださっていたみたいで、権利を譲渡される方も理解されていらっしゃいますから」

大家さんも権利を受け継ぐ方も、気を遣ってくださったようで、キョウコはほっとした。

「本当にありがたいです。大家さんにもその方にもよろしくお伝えください」

「はい、わかりました。みなさん、いい方だから安心してください」

娘さんはキョウコにプリントを一枚渡した。

「それ、私が持っていきましょうか」

彼女の手元にある二枚のプリントに目を向けると、

「いいえ、これは私の仕事ですから、私からお二人にお知らせします」

ときっぱりといわれた。

「わかりました」

うなずいてその場でプリントを読んでいくと、業者が家具の移動も全部やってくれるので、住人は何もする必要がないという。

「今はこんなふうになっているんですね」

「そうなの、だから会社に行っている間に、畳替えが済んじゃうんですって。もちろんそれがいやだっていう人は、立ち会いになるけれど」

「うちはベッドと冷蔵庫と、あとは自分でも動かせるような物しかないので、大丈夫だと思います」

「そうですか。たしかお隣のチユキさんは、引っ越しがリヤカーでしたよね」

「そうです、びっくりしました。あんなモデルさんみたいにきれいな人が、ちゃぶ台を載せたリヤカーを引いてきたので」

二人で顔を見合わせて笑った。

娘さんと別れ、買い物に行く足取りが軽くなった。いつもは忘れているけれど、れんげ荘にいつまで住めるのかを考えると、不安になっていた。しかし取り壊しをしないのが確定した話は、キョウコの気持ちを明るくしてくれた。そして気がちょっと大きくなって、青果店でシャインマスカットの一房を買ってしまった。

するとキョウコよりも少し年上と思われる、お店の奥さんが、

「これ、おまけ。ちょっと傷みかけているけど、ごめんね」

といって巨峰の半分を、シャインマスカットの上にそっとのせて、キョウコに渡した。

「ええっ」

キョウコがびっくりしていると、

「いいの、いいの。いつも買ってもらっているから」

「買うっていっても、一人分だからたいした量でもないのに……」

「そんなの関係ないの。ずっと続けて来てくださるのが、ありがたいんだから。ね、また買いに来て」

奥さんはきれいにメイクをした顔でにっこりと笑った。

以前はそうではなかったのに、彼女は三年ほど前から、化粧をして店に出るようになった。エプロンの下に着ている服も、お洒落《しゃれ》なものになった。外見はちょっと変わったけれ

ど、中身は前とまったく変わらず、穏やかで優しかった。彼女が店に立っている間、店主のほうは、店の横でせっせと野菜が入っていた段ボール箱を整理したり、品出しをしたりしていた。口数の多い人ではまったくなかったが、お客さんから声がかかると手を止めて応対していた。たまに若い男性が店にいることもあって、あれは息子さんなのかもしれないと、キョウコは重くなったエコバッグを肩から掛けて、いつもの生花店まで歩き、店頭に並べてあった、リンドウを買って帰ってきた。

帰ってきて食材を冷蔵庫などに入れ、花を水切りして活《い》け終わると、ベッドによりかかりながら、不動産屋の娘さんからもらったプリントをあらためて確認した。それぞれの住人の都合をできるだけ合わせて、交換する日にちを決めたいので、候補の日を五日くらい出して欲しい、家具類は業者が責任持って、移動、保管するので不在でもかまわない、午前中に引き取って、夕方には家具ともども設置できる、賃貸人の負担はない、などが書いてあった。自分の都合の悪い日などないので、そこに記載されていた選択する欄の、「いつでもよい」に○をした。

おやつに、贅沢《ぜいたく》をしたシャインマスカットと、おまけの巨峰があると思うと、昼御飯を作っていても、ふだんよりもちょっと楽しかった。作り置きをしていたトマトソースがあったので、そこに買ってきたひき肉と、味噌汁《みそしる》の具にした、残りのナスも投入して、トマトソースのパスタを作った。セロリ、レッドキドニー、レーズンをマヨネーズで和《あ》え、レタスを添えたサラダも作った。そしてデザートは、傷んだ粒を除いた巨峰である。

「うーん、おいしい」

巨峰を食べ終わり、シャインマスカットもちょっと食べたかったので、三粒もいで食べた。

「あー、幸せ」

自分は安上がりな女になったなと、キョウコは笑ってしまった。

勤めていたときは、流行のレストランの常連になり、流行の服を着てヘアメイクもおこたりなく、重要な仕事をこなし、年に何回かは必ず海外旅行をし、女性誌のグラビアに載っているようなものを手に入れることが幸せだと思っていた。しかし今は、いただいたものと、奮発した何粒かの追加のブドウで幸せになれる。今日、着ている、白地に黒と銀で抽象的な柄が描かれているTシャツも、駅前の古着屋の店頭ワゴンで、五百円で売られていたものだったが、着ているとクマガイさんにもチユキさんにも褒められた。ちょっとのことで幸せだと感じると、自分は安上がりな女と思うのが、もう習慣になってしまっていた。でもこういう癖は直したほうがいいなと反省した。

ブランドのスーツを着ていても、いつも服を褒められた記憶はない。会社の女性たちは、とにかく容姿でも仕事でも彼氏でも、少しでも他の女性社員よりも上でいたいと考えているタイプが多かったので、マウントを取るために、それに必要なものを、どれだけ自分の周りに集めるかが重要だったのだ。キョウコもその渦の中に一時期巻き込まれていたが、ふと自分の足で立ち止まり、そこから脱出できた。

もちろんそうではない女性社員もいた。キョウコはそんな、無意味な競争心がない人たちと話しているほうがずっと楽しかったのだけれど、マウント女たちはそんな彼女たちに対して、「太っている」「服がいつもダサい」「髪の毛に艶《つや》がない」「地味」などと陰口を叩《たた》いていた。そんな人間性に問題のある女たちが、結構な社会的にいい条件の相手をつかまえて、恋愛しているのは不思議でならなかった。聞きたくなくても、彼女たちは自慢げに相手のことを話すので、無理やり耳にねじ込まれるのが迷惑だった。キョウコは心を開け

る親しめる女性社員の前でも口に出さなかったけれど、腹の中では、

（きっと相手の男性も、社会的な条件はともかく、ろくでもない人だろう）

と思っていた。

「幸せは人それぞれ」

昼御飯、デザートも食べ終わり、キョウコはベッドの上に仰向《あおむ》けになった。昼食後のベッドの上での仰向けは、そのまま眠りに入る危険性があるので、目をつぶるまではいいが、気をしっかり持たなくてはいけない。

「寝るんじゃない、寝るんじゃないぞ」

何度も繰り返しながら、十五分後に目を開いて、うーんと背伸びをした。

「はあ」

息を吐いて窓の外を見ると、青空の向こう側に、濃い灰色の厚い雲が見えた。夕方に一雨来そうだった。もしかしたら雷雨かもしれない。

「といっても、特にやることはないです」

両手をぐるんぐるんと前と後ろに回しながら、キョウコはつぶやいた。肩まわりの骨が、

ぼきぼきと音を立てた。

携帯が鳴った。マユちゃんからだった。一瞬、今日は土曜日だっけ、日曜日だっけと、頭がぐるぐる回った。もともと通勤がないものだから、日にちの感覚がなく、平日の日中に来るはずがない電話がかかってきて、混乱しながら電話に出た。

「もしもし、どうかしたの？」

相手が話す前につんのめるようにいってしまった。

「どうしたの？『もしもし』くらい、いわせてよ」

マユちゃんは笑った。

「だって、今日、平日でしょう。夜でもないし。どうかしたのかと思うじゃない」

「うん、まあどうかしたんだけどね」

「えっ、何かあったの？」

「学校、やめた」

「えっ、本当にやめたの？」

「だからね、今、私も無職。ふふふ」

定年退職まで少し間があるから、早期退職ということになる。

マユちゃんは新しく赴任してきた校長から、パワハラを受けていた。それは彼がまだ学校に慣れていないからで、そのうち収まるだろうと考えていたのだけれど、収まるどころかエスカレートしはじめた。校長の行動に抵抗したマユちゃんはじめ、数人の教師は目の敵にされた。彼らの抵抗が続くと、校長も「これはまずい」と思うのか、少しおとなしくなるのだが、しばらくすると再びパワハラがはじまる有様だったという。そのうえそんな奴《やつ》にくっついてご機嫌をとる教師もでてきて、マユちゃんは、

「とても子どもたちを教育できるような場とは思えなかった」

と嘆いていた。校長の行動は同じパワハラを受けている教師が、教育委員会に報告してはいたが、校長が偉い人とつながりがあるか、その親族らしく、事情を聞いても誰《だれ》も手を出せない状態になっていた。

「校長は飴《あめ》と鞭《むち》方式でね、理由もなく怒鳴りつけてきたかと思ったら、飴のつもりなのか、いつも『きみは校長になれるいい素質があるのだから、頑張って欲しいと思っているんだよ』なんて、反校長グループの私たちにいうの。そのたびに、『校長になんかなりたくな

いよ。そのために教師を続けているわけじゃないんだから』って、いいたくてたまらなかったわ。でも、もうやめるって決めたときに、そういわれたからいってやった！」

マユちゃんはきっぱりといった。電話の向こうで胸を張っているのもわかった。

「そういうことって、思っていてもいざとなると口に出せなかったりするじゃない。よくいったわね」

「だって、飴のときの言葉がいつもそれだけなんだもの。『あなたは校長になりたかったかもしれないけど、私たちの目的はそうじゃないです。勘違いしないでください』って」

「ひゃあ」

キョウコが思わず声を上げると、

「体の中に溜《た》まっていたマグマが一気に爆発したっていう感じ。本当にすっきりした。同僚はみんなびっくりしていたけど」

「その後は？」

「校長の取り巻き連中は、『すぐに謝ったほうがいいよ』っていったけど、『やめるからいいんです』って無視しちゃった。で、校長との関係は最悪のまま、年度末でさよならしました。校長もほっとしてるんじゃないの。目の上のたんこぶがいなくなって」

「生徒さんは悲しんだでしょう」

「そうね、それがいちばん辛《つら》かったけど。異動で学校を離れる場合はあるしね。何かあったら連絡してねって、それだけはいっておいたから」

「そうか。それ以来、自由な毎日っていうわけね」

「それがいろいろな手続きがあって、結構、毎日忙しくて。やっと落ち着いたから連絡したの」

「これからどうするの？　なんて私が聞けたような立場じゃないけど」

「しばらくのんびりするつもりだけど。ここ最近、髪の毛が薄くなってきちゃって。絶対、奴のせいなのよ。でもストレスがなくなったとしても、ずーっと家にいる無職は無理だと思う」

笑うマユちゃんに、キョウコは、

「それはそうですよね」

といううしかなかった。そして、

「とにかくゆっくり休んでね」

と労《ねぎら》って電話を切った。ゆっくり休みすぎている自分は、どうしたらいいんだろうかと、親友の今後も合わせて、お互いの身の振り方を考えざるを得なかった。

マユちゃんは成績優秀で聡明、堅実な人だから、また新たな道を見つけるだろう。一方、この私は、

「休みすぎ！」

もう一度、

「休みすぎ！」

といったら笑いがこみ上げてきた。お隣さんたちが部屋にいたら、いったい何事かと驚かせたのに違いない。そっと聞き耳を立ててみると、幸い、お隣さんたちは部屋にいないようだった。しばらくして、シャワー室の扉が開き、クマガイさんの部屋の戸が開閉した音がしたので、もしかしたら彼女の耳には届いたかもしれない。でもクマガイさんに対しては、ほとんど身内のお母さん、お姉さんといった感覚でいるので、聞かれてもかまわない。チユキさんも妹みたいなものなので、聞かれていたとしても、

「大きな声を出してごめんなさいね」

と謝ればいいと勝手に甘えさせてもらった。

隣の部屋からはクマガイさんの楽しそうな歌が聞こえてきた。ブロンディの「ハート・オブ・グラス」だった。美空ひばりからブロンディまで、歌のジャンルが幅広い。潰れてしまったというその会社に、自分の生活のすべてを委ねていたら、収入の道が閉ざされて、歌なんか歌っていられないだろう。自分が無職で、「休みすぎ」だからそう感じるのかもしれないが、どこにも自分の生活を委ねていないのは、いちばん強いのかもしれない。ただしクマガイさんは、生活のすべてを委ねていたものが消えてしまっても、歌を歌っちゃいそうな気がする。お隣さんをネタに、そんなことを考えるのも、自分が暇なせいだと、キョウコは苦笑するしかなかった。

一週間ほどして、またマユちゃんから電話があった。一年間、勉強をして大学院を目指すのだそうだ。

「勉強、好きなのねえ」

感心してキョウコはため息をついた。

「好きなわけじゃないけど……。自分の将来を考えたら、それも必要かなって」

一生かけて、好きな日本の古代史を研究したいのだそうだ。

「無職でも私とは大違いね」

キョウコが笑うと彼女は、

「そんなことないわよ。あなたはこの世の中で貴重な存在よ」

といってくれた。

「ええっ、そう？」

「そうよ。昔は違ったのかもしれないけど、こんなに労働意欲がない人って、珍しいもの」

「あははは」

「だって、普通は働かないことに飽きて、というか生活が危なくなって、アルバイトとかパートをするものだけど、あなた、全然、飽きてないものね。ボランティアすらしたことないでしょう」

「うん」

「珍しいわ、そういう人」

「そうかな」

「そうよ。動物と考えても、ちょっと変」

動物と考えても、とまでいわれると、キョウコは自分が特異な生物になったかのように思えてきた。しかし、

「それはそうよねえ」

としかいいようがなかった。

「もうこりごりしたから」

会社の自分の席から見えた風景を急に思い出した。

「たしかにあなたは、やりたくない仕事をさせられていたかもしれないけど、お給料はそれなりに高かったじゃない」

「まあね」

「だいたいお札を口に突っ込まれると、我慢して会社に居続けようとするものじゃない。でもそれを吐き出してまで、今の生活を続けているのは、すごいとしかいいようがない

わ」

「そうかな。私にとってはふつうの生活になっちゃったけど」

「なかなかそうはいかないわよ。人には欲というものがあるからね。あなたは仙人に近いわ」

「そんなことないわよ。この間も久しぶりに結婚のお披露目会に呼ばれて、服は義姉《あね》からもらったけど、靴やバッグを買ったわよ。リサイクルショップだったけど」

キョウコはちょっと自慢げにいった。

「そうなの、よかった。あなたを呼んでくれる人がいたのね」

「そうなのよ、ありがたいわよねえ」

「たまには外に出ることも必要だもの。私はちょっと休んだ後は、がんばってお勉強するわ。試験に落ちたら笑ってやって」

「笑えるわけないじゃない。その年齢であらためて勉強するなんて大変なことよ。私にはとても無理。受かるといいわね」

お互いに励ましつつ、近況を話した。といってもキョウコにはお披露目会に招待されたことくらいしか話題がなかったが、マユちゃんは、退職にあたり、教え子たちがたくさんの手紙を贈ってくれた話をしたときには涙ぐんでいた。「底意地の悪いおやじに負けたような気持ちにもなった」と悔やんでもいた。

「生徒さんは、みんな子どもみたいなものだものね」

もらい泣きしそうになるのをぐっと我慢して、キョウコがしみじみといった。

「そうなのよね。おやじたちはどうでもいいんだけど、子どもたちと別れるのは辛かったな」

「でも新たな一歩がはじまるから。無理をしないようにがんばって」

「ありがとう。あなたも体に気をつけて。平日も家にいるから、何かあったら遠慮しないで連絡してね。じゃあね」

マユちゃんは明るい声で電話を切った。

「そうか、よかった」

キョウコはそうつぶやいて携帯を置いた。しかし自分と同じ歳《とし》でまた新たに勉強をはじめようなんて、すごいとあらためて感心した。自分は後ろ髪を引かれるものなんて、何もなかったから、後ろ足で蹴《け》るように会社をやめたけれど、マユちゃんは教え子たちのことを考えたら、そう簡単にはやめる決心はつかなかっただろう。自分とは背負っていたものが違うからなあと、キョウコはベッドの上に仰向けになった。

（ベッドに寝るのは危険だと、何度もいうておるのに）

このところ何かあると思わずこうやってしまう。体力が落ちているのだろうか。そうなるほど体を使っているとは思えないのになあと、ぼーっと天井を眺めていた。そしてしばらく目を閉じていると、睡魔に襲われそうになったので、これはいかんと体を起こし、コーヒーをカップに半分ほど淹《い》れて飲んだ。

「ふう」

気温はそれほど下がってはいないが、窓から見える雲の形や風の感じが、明らかに真夏とは違ってきていた。一年が経《た》つのがあっという間なのが恐ろしい。

マユちゃんからは貴重な存在といわれたが、自分はただの社会の隅っこで生きている、非生産的な人間でしかない。労働力を提供しているわけでもないし、時間を提供しているわけでもない。たとえばどこかにアルバイトかパートで勤めたらどうなるかと想像してみるけれど、どんな職業であっても、そこにいる自分の姿は自分になじまなかった。散歩コースにある様々な店で働いている自分を、脳内VRで再現してみても、どれも違っていた。やはりこの古すぎるアパートの周囲や、シャワー室、トイレを掃除して、お隣さんたちの留守番がわりに部屋にいて繕い物をしたり、本を読んだり、窓の外を眺めている自分がぴったり合っている。何より誰にいわれようと、そうやっている自分がいちばん好きなのだ。そしてしばらく会っていないが、ぶっちゃんの姿を見るのも。

れんげ荘の畳替えの日はすぐに決まり、天気のいい朝、業者の人たちが三人やってきた。

「失礼します」と一礼して室内に入ったとたん、誰かの、

「おっ、こりゃ、楽だな」

と小さな声が聞こえたので、キョウコは噴き出した。

「こら、お前！」

責任者の高齢の男性が、振り返って怒鳴りつけたのを見て、

「いいえ、その通りなんですよ。私も掃除が楽でいいんです」

というと、責任者は、

「本当に申し訳ありません。大変失礼しました」

と深々と頭を下げた。キョウコは、

「大丈夫ですから、お気になさらずに」

と体を縮めて顔色が変わっている、一人の若い男性に目をやった。

あっという間に家具類の搬出と畳の搬出が終わり、夕方には新しい畳が入り、家具類も元通りに設置できるとのことだった。ぼーっと作業を見ているわけにもいかないので、キョウコは久しぶりに都心に出てみようと思った。ふだん家にいるときの格好ではとてもじゃないけど外に出られないが、クマガイさんからいただいたお洒落な服が、相変わらずこういうときに役に立っていた。

思い切って、昔、自分が買い物三昧《ざんまい》した場所に行ってみようかと、最寄《もよ》り駅から地下鉄に乗った。目指す駅のホームに降りると、お洒落な人たちが次々とエスカレーターや階段で改札口まで降りていく。それを階段の上から俯瞰《ふかん》で眺めながら、自分は同じ場所にいるようないないような不思議な気持ちになった。

今、住んでいる街も、若い人が多く集まるところなので、彼らのカジュアルな古着ファッションは見慣れている。しかしここにはまた別のタイプの人たちの流行があった。どちらかというとデザイナーズブランドの癖のある服を着ている人が多い。原宿《はらじゅく》と裏原宿も違うという話も聞くから、様々な好みの人たちが、自分の居心地のいい場所に集まってくるのだろう。

勤めていたときは、昼食のついでにタクシーで店に寄り、バーに掛かった服を、ここからここまで買います、といったような買い方をしていた。なんでそんなことをしていたのか理解できない。だいたい着る服がないわけでもないし、一度にそんなに数を買ったって仕方がないではないか。というのが昔はわからなかったのだ。それが楽しかった。自分が本当に欲しいからというよりも、社内の他の女性に見せびらかすために買っていたようなものだった。

当然だが当時とはまったく街の様相が変わっていた。鏡に覆われた高いビルが建った場所は、小さいけれどおいしいイタリアンを出す店と、輸入雑貨を扱う店だった。道路の向かいは、かわいらしい刺繍《ししゅう》のある服をたくさん扱っている店のはずだったのが、スマートフォンのショップになっていた。道路を挟んで、先鋭的だったり愛らしかったり懐古的だったりした店がいろいろとあったのに、職種は違えど、どれも無機的な感じの店ばかりになっていた。

駅から五分ほど歩いたところにあったはずの服を買っていた店舗は、別のブランドになっていた。店の雰囲気も全く違って、緑の多いナチュラルなエクステリアになっている。会社をやめてから、ファッション情報にも疎くなったので、もしかしたら同じ会社の系列の別ブランドなのかもしれないが。キョウコが好きで買っていたスーツは扱っておらず、フェミニンなデザインの服が多かった。キョウコが着て似合うタイプの服ではない。

ウインドーを眺めていたら、店内から感じのいい女性が出てきて、

「よろしかったら、どうぞご覧ください」

と声をかけてくれた。白い大きなフリルがついているロングワンピースを着ている。サリさんも着ていたし、今年はフリルが流行《はや》っているのかもしれない。キョウコは彼女の優しい雰囲気に惹《ひ》かれて、店内に入ってみた。どこもかしこも、優しい感じの服ばかりで、物珍しいだけで店内の服を見ていたら、

「その服、素敵ですね。プッチですね」

と彼女がいってくれた。

「いただいたのですが、古いものらしいです」

「昔のプリントには味わいがありますよね。とてもよくお似合いです」

「そうですか、ありがとうございます」

彼女はじーっとキョウコの服を見つめて、

「いい色合いですねえ」

とうっとりとしていた。奥からキョウコよりも少し年下の女性が、大きなフリルがついたブラウスに、透け感のあるスカート姿で、こちらに歩いてきて、

「いらっしゃいませ」

と自然な笑顔で挨拶《あいさつ》をしてくれた。明らかに扱っている服が似合わないタイプのキョウコに対して嫌みなく接してくれている。

キョウコは買いまくっていたブランドの店員たちが、人を選んで接客をしていたのをよく覚えていた。外から店内を見る人がいても招き入れることなどなく、扉を開けて入店してきた人をちらりと見て、彼女たちなりの何らかの判断を下すと、声もかけずに無視して

いた。キョウコをいつも満面の笑みで迎えてくれたのは、歩く札束に見えていたからだろう。会社のマウント女たちに対抗するために、そしてこの店で服を買うのを許されたという、ばからしい優越感で服を買い続けていた。穏やかな二人の店員さんに接したキョウコは、フリルに囲まれながら過去の嫌いな自分を思い出していた。

8

優しいフリルさんたちが時折、店内を歩くキョウコに服を説明してくれたので、三十分くらいそこにいた。何も買わないのも悪いかなと思い、何か小物でもないかと目で探したのだが、とてもじゃないけど自分には似合わない、フリルがいっぱいついたポーチしかなかった。手ぶらで店を出るしかなかった。

「ご丁寧にありがとうございました。お邪魔しました」

と心から御礼をいって、店を出ようとすると、年長の女性が、

「どうぞこちらもご覧ください」

とパンフレットをくれた。キョウコは恐縮して店を出た。

流行がそこここにあふれている場所が好きだったはずなのに、今は気恥ずかしさのほうが勝ってしまい、どうも居心地が悪い。どうしたものかと、ぶらぶら歩いていると、サンドイッチ専門店があった。そこで野菜サンドと紅茶を購入した。ちょうど三百ccくらいが入る、ステンレス製のボトルも売られていた。これを買うと飲み物を入れてくれて、ボトルを持ち帰って、外出時に携帯するようにすれば、ゴミが減らせるという。キョウコはボトルを持っていないこともあり、ボトルに紅茶を入れてもらった。

こういうシステムはいいなと感心しながら、足の向くままに歩いていたら、高級な低層マンションが並ぶ地区の間に、小さな公園があった。公園といっても遊具があるわけではなく、花壇と陶製のスツールのようなものが、十個ほど並んでいるだけだ。キョウコはそのうちのひとつに座り、ちょっと早い昼食を食べはじめた。

このあたりで販売されているサンドイッチとボトル入りの紅茶は、自分にしては大盤振

る舞いだった。出費が増えがちになるのは、あまりよくないなあと反省しながら、サンドイッチを包んでいる、ワックスペーパーを開けようとすると、目の端で何かが動いた。思わずそちらのほうを見ると、黒と茶がまざったサビネコがひょこっと花壇の奥から姿を現した。よく見ると花壇の奥に二十センチ角ほどの隙間があり、そこから入ってきたようだった。隣のマンションの敷地に続いているらしい。

その子はキョウコがいるのを見て、

「にゃあ」

と鳴きながら近寄ってきた。

「あら、どうしたの？　お散歩？」

と声をかけると、

「にゃああ、にゃああ」

と大きな声で返事をし、キョウコの手元のサンドイッチをじーっと見つめている。

「ごめんね、野菜ばかりだから、あなたは好きじゃないと思うわよ」

ペーパーを開いてサンドイッチの角を差し出すと、その子はふんふんと匂いを嗅ぎに来て、「そうですね」という表情で、後ずさった。

「困ったわねえ、お腹《なか》がすいているのかな」

近くにコンビニがあるから、そこでキャットフードを買えばあげることはできるけれど、ここに住んでもいないのに、勝手に外ネコに御飯をあげられない。目の前に座っているサビちゃんを眺めながら、キョウコは、

「困ったねえ、どうしようかしらねえ」

と声をかけるしかなかった。すると突然、サビちゃんが姿勢を正し、

「にゃあああ」

と大きな声で鳴いた。サビちゃんの視線をたどると、リュックを背負った若い男性二人がやってきた。そしてキョウコに、

「こんにちは」

と挨拶をした後、

「元気だった？　どう、目の具合はよくなったみたいだね」

とサビちゃんの頭や体を撫《な》でてやっている。礼儀正しい二人が、何となく自分を気にし

ている様子なので、

「私もネコが好きだから大丈夫ですよ」

と話しかけると、彼らはほっとした表情になって、

「そうですか、よかった」

と、リュックの中から密閉容器と、宅配のときに緩衝材として入っている詰め紙を取りだした。

すでにサビちゃんは興奮して、後ろ足で立ち上がりそうな勢いになっている。彼らが広げた紙の上に容器の蓋《ふた》を開けて置くと、サビちゃんは待ってましたとばかりに、容器に顔を突っ込んで食べはじめた。その間に別の容器に水を入れて、傍らに置いてやっている。

「ネコちゃんたちのお世話をなさっているんですか」

「大学に入ってから、はじめました」

彼らの話では、この辺りは地域ネコを守る意識が強く、彼らが入学した学校が近くにあり、地元の方々と連絡を取り合い、地域ネコを守るサークルがあった。その活動の一環なのだそうだ。日に二回、地域ネコがいる場所を廻《まわ》って、餌《えさ》やりをして体調のチェックもし

ているという。去勢、避妊手術は大学の文化祭での売り上げや、カンパから捻出《ねんしゅつ》して行っているらしい。

「この辺りの方々はネコたちに寛容なので助かります。でもそれを知って、車で捨てに来る人もいるんです」

「それはひどいですねえ」

「そういう人たちは、どういうわけか、いつまで経ってもいなくなりませんね。不思議なんですけれど」

二人は顔を見合わせて悲しそうに笑った。

キョウコたちが雑談している間、サビちゃんはたっぷりあった御飯を平らげ、

「まだ、ありますよね」

といいたげな表情で、彼らを見上げている。するとリュックから出てきたのは、ネコに大人気のパック入りペースト状のおやつだった。それを見たとたん、御飯を食べたばかりだというのに、サビネコちゃんは後ろ足で立ち上がり、二足歩行をしそうな雰囲気になった。

「はいはい、今、あげるからね」

パックを切るのも待ちきれない様子で、サビネコちゃんは彼の両手の間に顔を突っ込みそうになっていた。そしてとろっと中身が出てくると、それを一心不乱に舐《な》め、時折、手も添えながらあっという間に食べてしまった。

「はい、おしまい。よく食べたね」

彼らは交互にサビちゃんの頭を撫で、食事係ではないほうの青年が、ブラシを取り出して、サビちゃんの体をブラッシングしはじめた。するとごろごろと喉《のど》を鳴らしながら横たわり、じっと目を閉じてうっとりしはじめた。

「お腹がいっぱいになって、大満足ね。ブラッシングまでしてもらって」

「この子は好きなんですけれど、いやがる子もいます。御飯は食べるのに、絶対に触らせない子もいるんですよ」

ブラッシング担当の彼がいった。

「それとこれとは別っていう子がいるんですね」

「そうなんです。ちょっと悲しいんですけど」

「このサビちゃんは、なんていう名前なんですか」

キョウコがたずねると、彼らは顔を見合わせて笑いながら、

「見た通りのサビちゃんです」

と教えてくれた。目の前のサビちゃんは、もう何でもしてくださいといった体で、うっとりしていた。お勤めが終わったブラッシング係の青年は、リュックの中から小さな箒とちりとりを出し、サビちゃんがいた周辺をきれいに掃除し、広げた詰め紙も片づけて、ゴミ袋に入れてリュックにしまった。

「ちゃんとお掃除までするんですね」

「公共の場ですから、汚すといけないので」

まじめで優しい青年たちと、町の優しい人たちのおかげで、サビちゃんは外でものんびり過ごせているようで、土の上で大あくびをして、んーっと大きな伸びをした。

「じゃあ、これで失礼します」

二人は寝ているサビちゃんの体を撫でた。するとサビちゃんはゆっくりと体を起こして、彼らの前でお座りをした。

「まだこれから廻られるんですか」

「はい、あと三箇所は廻ります。今日は気になるところがあるので、四箇所なんですけど」

住人から新たな外ネコの目撃情報があったので、調査しに行くのだそうだ。

「また夜に来るからね」

「いい子にしているんだよ」

彼らがサビちゃんに声をかけると、

「にゃあ」

とお返事したのはいいが、どこか堂々としている。

「あら、ずいぶんいばってる」

「御飯をもらうとこうなんですよ。『おう、また来いや』っていう感じで。明らかに僕たち、下僕なんですよ」

「ネコを飼っているとみんなそうなるんじゃないのかしら」

「そうですよね。僕も保護したネコを飼っているんですけれど、家でも下僕です。外でも下僕なんで、僕の人生はこうなんだなって諦《あきら》めています」

キョウコたちのやりとりを、サビちゃんは耳を立てて聞いている。

「ちゃんとお兄さんたちに御礼をいわないと。ありがとうございますっていった？」

キョウコが笑いながら声をかけると、

「うにゃ」

と小さく鳴き、彼らを見上げて、

「んーにゃ」

と鳴いた。彼らは同時に、

「おーっ」

と声を上げ、

「ありがとう」

と口々にいいながら、サビちゃんを撫でていた。

「それでは失礼します」

「優しいお兄さんたちにお会いできてうれしかったわ。ありがとう。ネコたちのことをよろしくお願いします」

キョウコが頭を下げると、彼らは、

「はい、わかりました。ありがとうございます。さようなら」

と頭を下げて公園を出ていった。サビちゃんはずっと彼らの後ろ姿を見送っていたが、姿が見えなくなると、もう一度、ぼわーっと大あくびをして、花壇のほうに歩いていった。

「お腹がいっぱいになったから、これからお昼寝ね。気をつけてね。今日はありがとう」

キョウコが声をかけると、サビちゃんは、振り返って目をぱちぱちさせ、

「んにゃ」

と小さく鳴いた。そして姿を現した四角の向こうにいってしまった。

キョウコはサンドイッチと紅茶を手にしたままだったのに気がついて食べはじめた。会社員らしき男性二人がやってきて、缶コーヒーを飲みながら、野球の優勝チーム予想をしていた。昔はそこいらじゅうに外ネコがいたけれど、地域差はあるだろうが、都会ではネコは室内で飼うのが主流になってきた。ボランティアの方々が外ネコたちを保護してくれるようになり、外を歩いているフリーのネコはほとんど見なくなった。正直いって、キョ

ウコはそれがちょっとつまらなかった。

事故に遭《あ》ったり、病気になることを考えたら、そのほうがいいのかもしれないが、どこの所属でもない、ご近所数軒でお世話をしている、かわいがられて当然といいたげな態度の、ふてぶてしい顔の子や、いつも「どうもすみません、お世話になっています」といいたげな、気の弱そうな細い子などを見かけることがなくなった。保護なのかそれとも人間による管理なのか、それがその子にとって幸せなのかは、ネコそれぞれだろう。でもほとんどの場合、保護されて室内で飼われている子たちは幸せそうだった。御飯、それと荒れた天候のときに、しのぐ場所の心配がないだけでも、外にいるよりは心は安らいでいることだろう。

「ぶっちゃん、どうしてるかな」

飼い主のご夫人は、息子さんから注意されて、外に散歩に出るのもためらわれているようだったので、もう出てこないのかもしれない。でもお宅にも招き入れていただいたので、ドアを叩いたら会わせてくださるかもしれない。しかしキョウコにはその勇気はなかった。だからぶっちゃんが住む大きなお宅の前を、ちらりちらりと横目で見たり、時折、つま先立ちをして家の中の様子をうかがう、怪しいおばさんとして歩くしかないのだった。

公園には近くのショップに勤めているのか、斬新《ざんしん》な色とデザインの服を着た、若い女性二人がきゃあきゃあはしゃぎながらやってきた。男性二人の優勝チーム予想や、彼女たちの推しの男性アイドルグループらしい話を左右の耳で聞きながら、キョウコの目はじっとサビちゃんが姿を消した四角に注がれていた。またひょっこり戻ってきてくれないかなと期待していたが、満腹になって昼寝をしているのか、サビちゃんは再び姿を現さなかった。男性二人の意見は一致しないらしく、お互いに、

「それは違う、うちのチームのほうが強い」

と笑いながら揉《も》めていた。女性二人のほうは、ツアーがあるとかで、「どこに行こうか」「チケットが取れたらどこでもいいよね」「取れたら仕事は休んじゃおう」などと意見は一致しているようだった。熱烈に自分の好きなことがあるのだなと、キョウコは雑多に交じる彼らの会話を聞いていた。

買い物も旅行も、自分が本当に好きなことじゃなかった。好きなことだったら、どんな状況になっても、それを続けようとするが、今の自分は何もしないで、ぼーっとしている

のが好きになってしまった。ただネコが部屋に来てくれたら、いそいそとその子のために面倒を見て、尽くしてしまうのは間違いない。でも来ないのだ。見上げると、公園の大きな木が覆い被《かぶ》さって、少ししか青い空は見えないけれど、都心でも空の青と木々の緑がきれいなことには変わりはない。

「ふう」

キョウコは深呼吸した。道路沿いの歩道ではとてもじゃないけど、そんな気分にはならないが、ビルやマンションに囲まれた小さな公園でも、そこだけは空気が澄んでいた。

特にすることもないので、座りながら肩をかわりばんこに回したり、首を左右に曲げたり、食後の運動をしているうちに、男性二人、女性二人はいなくなっていた。みんなこれからやらなくてはならない仕事があるのだ。

「さて、仕事がない私はどうしましょう」

もう一度、花壇の奥の四角を確認し、キョウコは食べ終わったサンドイッチの紙とボトルをバッグに入れて公園を出た。

せっかくだからと、高級マンションが建ち並ぶ近所をゆっくりと散策してみた。こういう場所に住んでいる人が、ベンツのSクラスやGクラスに乗るんだと感心した。不審者に見られないように、さりげなく周囲を見渡しながら歩いていると、マンションから幼い女の子の手を引いた、背の高い女性が出てきた。セミロングのダウンスタイルの髪の毛は整えられ、白のTシャツに光沢のある黒いパンツにスニーカーを履いている。シンプルだが、絶対に高いとわかる素材のよさだった。サングラスをかけていたので顔はわからなかったが、もしかしたらただならぬ佇《たたず》まいからして、有名な人なのかもしれない。

一方、女の子は長い髪に白い小さな花がついたカチューシャをつけて、ピンク色のギャザーがたっぷりの愛らしいワンピースを着ていた。あの子ども服も海外のブランドのものだろうと、キョウコは勘でわかった。あの子の服一着で、ふだん自分が着ている服の十倍はする。勤めていたときに、ハイブランドの子ども服を扱う仕事があり、その値段を知ってびっくり仰天した。服をめちゃくちゃ買っていた自分がびっくりしたくらいだから、今のいただいた服を大事に着ている身では、足元にも及ばないのは間違いない。母親は、車の周りを歌を歌いながらぴょんぴょん飛び跳ねている娘を、

「はやくしなさい。どうしていつもそうなの？　こまった人ね」

と静かに叱《しか》り、つかまえた。そしてレクサスのSUV車後部座席のチャイルドシートに座らせ、運転席に乗り込んで出かけていった。

向こうから男女のカップルが歩いてきた。二人ともどこか面立ちが似ている美しい顔で、とてもお洒落だ。

（美男美女はやっぱり自分に似た人を選ぶのだろうか）

そんなことを考えながら高級マンションが建ち並ぶなかを歩いていると、三階建てで各階一戸ずつの三世帯しかなく、それぞれにテラスがある造りのマンションもあった。テラスといっても小さいものではなく、それなりの広さがあるので、窮屈さはまったくなかった。三階のお宅のテラスには木が茂り、二階のお宅には花がいっぱい咲き、一階のお宅のテラスの隅には黒いオブジェの置物があり、ボーダー・コリーが三頭、走り回っていた。どんな人が住んでいるのか知りたくて仕方がないが、不審者として見つかった場合、自分の立場がとても危ういのはキョウコがいちばんよくわかっていた。古いアパートに住んでいる無職の中年、というよりも初老に近くなってきた女。今日はいただいたプッチを着ているから、まだ自分の不審者度が薄まっているのかもしれないと思いながら、キョウコは途中の路地を曲がり、駅に向かった。

駅の裏手にある美術館では、名前を知らない会派の油絵展をしていて、どうしようかと迷った結果、中に入ってみた。がらがらで人はほとんどおらず、気まぐれで観《み》てみた絵画展だったものの、それなりに色合いやタッチなどが面白く、たまには食わず嫌いをしないで、観たほうがいいのかもしれないと考えた。館内には喫茶室があり、価格が抑えられ、ここにもほとんど人がいなかったので、プリンを注文した。こういう場所で、プリンを注文するなんて、大人になってはじめてだった。

子どもの頃《ころ》はプリン・ア・ラ・モードが大好きで、家族で食事に出かけたときは、いつも狙っていた。しかしお子様ランチに小さなプリンがついていると、また別には頼めないのが、キョウコには残念だった。あのおまけのようなプリンではなく、堂々とした生クリーム、アイスクリーム、フルーツ、そして赤いサクランボを従えた、プリン・ア・ラ・モードが食べたかったのだ。

母は子どもに希望などは聞かず、子どもたちはみな、お子様ランチが食べたいものだと信じている人だった。兄は母のいうことにおとなしく従っているし、うなずいているし、

キョウコは困ったなと思いつつ、もじもじしていると、父が笑いながら、

「キョウコはあの大きなプリンが食べたいのだろう？　お父さんの定食をわけてあげるから、好きなプリンを頼みなさい」

といってくれたときには、がっかりした気持ちが一瞬にして消え、体中に喜びが拡《ひろ》がったものだった。母は、

「こんな場所で、子どもに分けてやるなんて、みっともない」

と顔をしかめていたが、父は大人用の定食二つ、お子様ランチ一つ、プリン・ア・ラ・モード一つ、スパゲティーナポリタンとサラダ、取り分け用の小皿をさっさと注文してしまった。キョウコは父から定食の御飯とおかずを取り分けてもらい、足りない分はナポリタンをちょっとだけ食べた。そして堂々としたプリン・ア・ラ・モードを食べて大満足だった。ただし晩御飯が食べられなくて父と共に、母から叱られたのだったが。

そんなこともあったなと思い出していると、目の前に運ばれてきたのは、生クリームと栗《くり》のクリームが、プリンの横に小さく品良く絞り出されている、シンプルなプリンだった。ちょっとプリンの肌にでこぼこがあるのも、手作りらしくてとてもいい。カラメルもクリ

ームも甘くなく、大人の味わいでとてもおいしかった。コーヒーもカウンターで丁寧に淹《い》れているのが、よく見えていた。甘い物を体内に入れて、少しまた元気が出たので小さなミュージアムショップを覗《のぞ》き、なかに気に入った花の絵のポストカードがあったので、それらを数枚買った。小一時間をそこで過ごし、美術館周辺の小さな店をのぞいて時間を潰した。ふだんもよく歩くけれど、今日はその倍くらい歩いたかもしれないと、自分を褒めながら家に帰るために地下鉄に乗った。

帰るにはまだ少し早い気がしたので、図書館に寄った。ここは行き場のない老人の溜まり場、昼寝場所になっていたが、さすがに午後も遅い時間になると、彼らは家に帰ったようだった。ふだんは見ない理系の本の棚を端から端まで眺めたり、どこに何の本があるかをほぼ把握している文学関係の棚をあらためて眺めたりして暇を潰した。ずらりと海外文学、日本文学の全集が並んでいる棚を見ては、

「全集、むりやり全巻読破っていうのもいいかもしれない」

とキョウコは考えた。全集のなかの一冊は、何冊も読んだことはあるが、全集であっても、興味のない本は手に取らなかった。しかし無理やり読んでみたら、面白いかもしれな

い。日本文学にするか、古典文学にするか、海外文学にするか、それとも世界の名著にするか。仏典やら経典、哲学書などがあるので、全読破したらそれなりに自分がグレードアップできるかもしれないが、あまりに冊数が多いのと内容の難しさで、読破できるかどうか自信がなかった。

高校生のときに源氏物語を試しに買って読んでみたものの、とてもじゃないけれど読破できなかった。読んでいるのを知った母は、珍しく、

「まあ、キョウコが源氏物語を」

と喜んでいたが、途中で放《ほう》り出したと白状したとたん、

「やっぱりあんたはダメな人間だ」

と罵《のの》られたのを思い出した。歳《とし》を取ると、一昨日《おととい》食べたものが何だったかがさっと思い出せないくせに、過去のどうでもいいあれやこれやは思い出す。それもだいたいがいいことではないのが腹立たしい。それでもまあ母はもうこの世にいないし、済んだことだと苦笑しながら、キョウコはふと目の前にあった、明治文學全集の一冊を手に取った。明治家庭小説集だった。ちょっと興味はあったけれど、どうしてもとは思えず、また棚に戻した。

結局、棚の前をうろうろしたものの、何も借りずに一階に降り、そこに置いてあるたくさんの区のお知らせのパンフレットなどを読みながら、時間をつぶした。そしてそろそろ陽《ひ》も落ちる頃、のんびり歩きながらアパートに戻った。アパートの前には、不動産屋の娘さんが立っていた。

「お帰りなさい」

「ただいま帰りました。部屋、もう大丈夫ですか」

「どうぞ、外側はともかく畳はすべてきれいになりましたから。あの……」

急に彼女が小声になったので、キョウコも思わず前かがみになった。

「そんなことはないと思いますけど、もし何か不都合があったら、必ず私にいってくださいね」

「それは大丈夫だと思います。来てくださった方はきちんとしていらしたから」

「それはそうですけどね。万が一、何か手違いがあると困るので。それだけ、よろしくお願いします」

彼女はこれからクマガイさんの部屋に家具を搬入するので、その立ち会いをするのだといっていた。

「ご苦労さまです。すみません。本当なら私たちが自分ですることですよね」

「いいえ、いいの。そういう話で畳替えをしてもらったのだから。気にしないでください」

彼女は明るく笑って手を振った。

キョウコが会釈をして自室の戸を開けると、新しい畳の香りに包まれた。懐かしい匂いだった。実家でも畳替えをしたとき、この匂いが大好きでテンションが上がったことを思い出した。ベッドも冷蔵庫もタンスももとあった場所にちゃんと設置され、なぜかどれもきれいになって戻ってきたような気がした。

娘さんは、念には念を入れて、何か不都合があったらといったのだろうが、たまたま悪い人間がいて、何か持って行ったとしても、キョウコが困るものはほとんどなかった。若い女性だったら美しい下着などが被害に遭う可能性はあるが、自分が履いているようなおばさんパンツは、誰も欲しがらないだろうと、キョウコは何も金目のものを持っていない自分に、妙に自信を持ってしまった。

外から声が聞こえ、クマガイさんの部屋の家具の搬入がはじまったようだった。お隣は立派な家具がいくつかあるので、搬入も大変だろうなと思いながら、美術館で買った花のポストカードを取り出して眺めた。そしてそれらを窓の桟のところに、斜めに立てかけてみた。それだけでも部屋に彩りが増えた。

翌日、チユキさんが山から戻ってきた。いつものように道の駅で購入した、地元のおかあさんたち特製のあんころ餅《もち》と、柿《かき》、栗を持ってきてくれた。ゆで栗なのが、ひとり暮らしにはとてもありがたい。

「畳替えの案内やメールをいただいていたので、もちろんわかってはいたんですけど、こんなにきれいになるなんて、びっくりしました。新しい畳はいい香りですよね」

「外側は変わらないけど、内側がきれいになるとやっぱりうれしいわよね」

「本当にそうです」

彼女はうなずいた。そして、

「ちょっと見てください、イヌどもを」

そういってスマホで動画を見せてくれた。えんちゃんはもちろん、くうちゃんもびっくりするくらい大きくなっている。

「もしかしたら、えんちゃんよりも、大きくなるかもしれません。手足がめちゃくちゃ太いんですよ」

たしかにしっかりとした脚をしている。それはいいのだが、それらの動画のほとんどは、まるでドッグレースかといいたくなるくらい、二匹が猛スピードで家の中を走り回っているものだった。パートナーが撮影した動画では、どどどどと室内ドッグレースを行っていると、遠くから、どっしゃーんと大きな音が聞こえてきた。撮影しているスマホの位置がちょっと動き、

「ん？」

という彼の小さな声も入っている。そして、

「こらあ」

とチユキさんの叫ぶ声が聞こえてきた。一瞬、どどどどの音は消えたが、すぐにどどどどどと二匹がスマホの前を横切っていった。

「大丈夫？」

彼が問いかけると、

「もう、大変。やだあ、本当に」

チユキさんの聞いたこともない声が、遠くから聞こえてきた。

「ほらほら、もうやめなさい。おかあさんが困ってるでしょ。何やったの？　ん？　いってごらん」

彼は何周か回ってやや疲れたイヌたちをつかまえて、目の前に座らせた。二匹はあはあと呼吸をしながら、それでも目はぱっちりと開けて、明らかに楽しそうな顔をしている。

「何をやったの？」

声をかけたとたんに、二匹は彼にじゃれつき、顔を舐めはじめた。

「あ、こら、やめなさい」

スマホは天井を映していた。あちらこちらにシミが見える。

「わっ」

彼の声がしてそこで動画は切れた。

「ひどいものです」

チユキさんはしんみりといった。百歩譲って、室内を走り回るのは仕方がないと諦めていたが、食器棚を掃除し整理しようと、床に置いていた食器や鍋《なべ》を、くぅちゃんが勢いよく蹴散《けち》らして土間にたたき落としたという。

「気に入った器は全滅しました……」

「ええっ」

それほど高いものはないが、古道具屋や骨董店《こっとうてん》をまわって、気に入ったものを集めていたという。

「そういうものなのよね。特に食器は、そうでもないものは長持ちして、気に入ったものから割れる」

「彼が現場に連れてきて、『おかあさんが泣いてるよ』って叱ったんです。そうしたらがっかりしている私を見て、二匹ともちょっとしゅんとしちゃって。『どうしようかねえ、これ』っていったら、二匹がくんくん鼻を鳴らしながら、私の顔を舐めるんですよ。そしてじーっと割れた食器を眺めてました」

「わかったのかな」

「悪いことをしたのはわかったみたいです。その気落ちした姿を見たら、かえってかわいそうになってきちゃって、『もう、いいからね。大丈夫だよ』っていったら、尻尾を振っていました」

それで反省したかというと、おとなしかったのはその日だけで、翌日から、また、ドッグレースがはじまったという。

「困ったものです。でも床に置いた私が悪かったので」

彼女は泣き笑いの顔で、次に元気よく散歩をする二匹の動画を見せてくれた。室内のドッグレースを少しでもパワーダウンさせるために、散歩の時間を倍以上、長くしたのだけれど、まったく状況は変わらず。

「そのかわり、私たちはへとへとです」

チユキさんがまた泣き笑いの顔になった。

著者略歴

群ようこ（むれ・ようこ）

1954年東京都生まれ。1977年日本大学芸術学部卒業。本の雑誌社入社後、エッセイを書きはじめ、1984年『午前零時の玄米パン』でデビュー。その後作家として独立。著書に「れんげ荘物語」「パンとスープとネコ日和」「生活」シリーズ、『無印良女』『びんぼう草』『かもめ食堂』『ヒガシくんのタタカイ』『ミサコ、三十八歳』『たかが猫、されどネコ』『いかがなものか』『咳をしても一人と一匹』『子のない夫婦とネコ』など多数。

Kadokawa Haruki Corporation

群 ようこ

今日《きょう》はいい天気《てんき》ですね。 れんげ荘物語《そうものがたり》

*

2023年1月18日第一刷発行

発行者 角川春樹

発行所 株式会社 角川春樹事務所

〒102-0074 東京都千代田区九段南2-1-30 イタリア文化会館ビル

電話03-3263-5881（営業） 03-3263-5247（編集）

印刷・製本 中央精版印刷株式会社

ISBN978-4-7584-1436-4 C0093 http://www.kadokawaharuki.co.jp/

本書は書き下ろし小説です。